まんがでSTUDY

はじめての♡源氏物語

JN029905

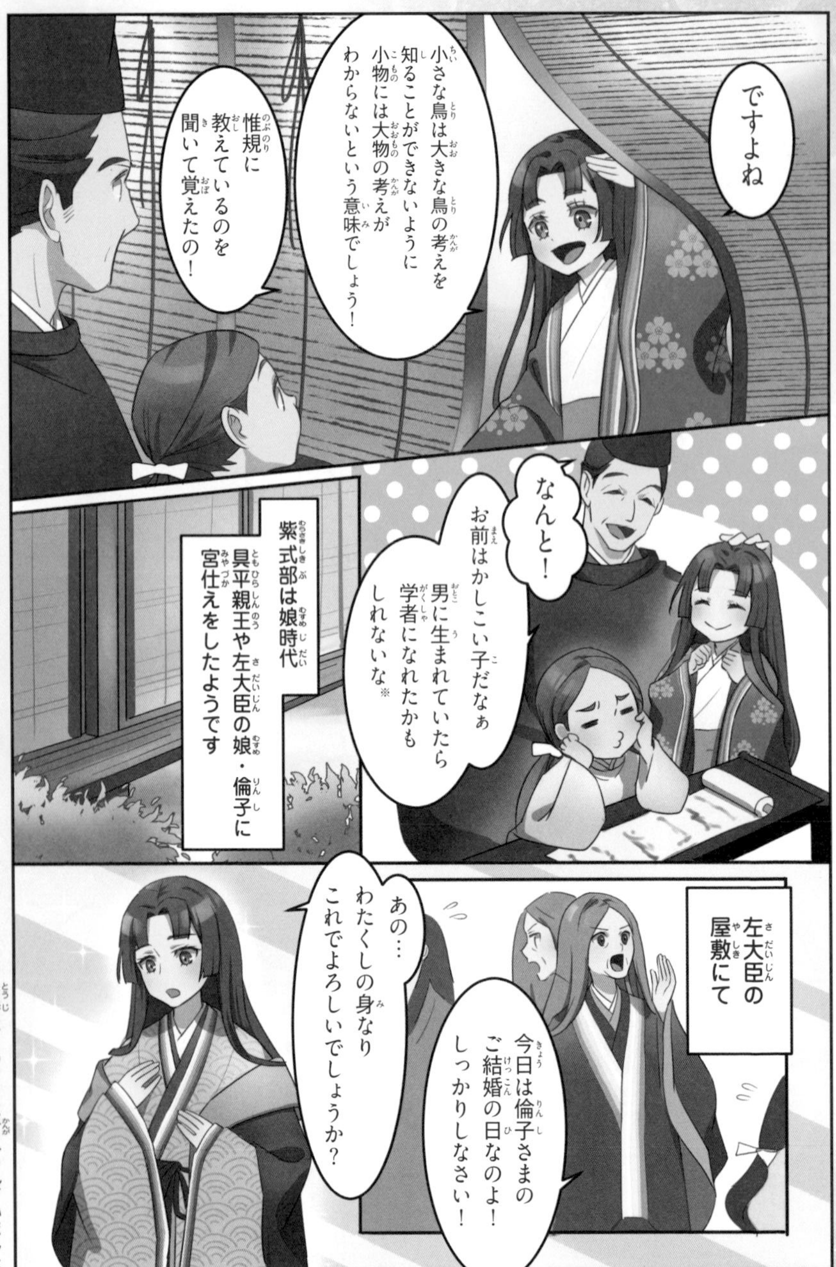

※当時はこのように考えられていました

具平親王家のお祝いの際に
お仕えの女房が着ていた裳に
似せてみたのですが…

まあ
わたしに確認しにくるなんて
いい子じゃない

めでたい例をまねるのは
よい心くばりです

さあ！
婿殿の道長さまが
いらっしゃいますよ！

この方が道長さま…
みんなは身分が低いとか
言ってたけれど
素敵な方だわ…
風格があって
まるで大きな鳥みたい…
ハッ！
…

父・為時の転勤で
宮仕えをやめ、縁談にも
めぐまれなかった紫式部ですが

20代後半になったころ
藤原宣孝と結婚します

あなたがくれる文や和歌は
いつも感動してしまうよ
まあ、お世辞を…

お世辞じゃないよ 友達も『さすが、物語が上手だと評判の才女だね』って
!?
友達に!? 見せたの!? わたしの手紙を!?
いや、その 君は自慢の妻だから
…つい…
ありえない!!
もうしばらく あなたには文も和歌も 渡しませんから!
勝手に友達に 見せるなんて! 恥ずかしい!
でも…
わたしが書いてる 物語も…和歌も… みんなほめてくれてるんだ…
その後 娘・賢子も生まれ 幸せな生活を送っていましたが
あなた!! そんな…!
夫・宣孝は病気になり 亡くなってしまいます
何を読んでも ちょっとした地名が あなたを思い出させるわ…
物語を書こう…! ほめてくれた あの人のためにも…!

娘たちに
『今人気の光る君という
貴公子のお話を手に入れて！』と
せがまれて
調べてみたら
以前倫子の女房だった
あなたが書いている
というではないか！
不思議な縁も
あるものだ
結婚や子育てのあいまに
ちょっと書いていた
だけですので
そんなたいしたものでは…
女房として
娘の彰子に仕えながら
物語を書いてくれないか
紙も墨も好きなだけ用意する
絵の具もいくらでも使ってよい
挿絵もたくさん入れよう！
うちには絵のうまい女房も
おおぜいいるぞ
紙が…
好きなだけ使える…！
これまで書いたお話を
全部まとめて
ひとつの物語をつくろう…！
わたしの憧れの貴公子
光る君の物語を！

『源氏物語』ってそもそもなに？

平安時代に書かれた『源氏物語』。
ここでは『源氏物語』とその作者・紫式部について紹介するよ！

『源氏物語』とは

『源氏物語』は、今から約千年前の平安時代に書かれた文学作品。世界最古の近代小説といわれているよ。「光源氏」と呼ばれる主人公の恋愛模様や、権力を手に入れる華やかな一生などが描かれている。心の動きや愛する人との別れなどをしみじみと描いていることから、「もののあはれ」の文学と呼ばれることも。全五十四帖（帖＝巻のこと）からなり、大きく第一部、第二部、第三部に分けられる。

五十四帖からなる『源氏物語』と3つの部

光源氏誕生から約40年間のお話。
光源氏の恋愛模様が多く描かれている。

1 桐壺（きりつぼ）
2 帚木（ははきぎ）
3 空蝉（うつせみ）
4 夕顔（ゆうがお）
5 若紫（わかむらさき）
6 末摘花（すえつむはな）
7 紅葉賀（もみじのが）
8 花宴（はなのえん）
9 葵（あおい）
10 賢木（さかき）
11 花散里（はなちるさと）
12 須磨（すま）
13 明石（あかし）
14 澪標（みおつくし）
15 蓬生（よもぎう）
16 関屋（せきや）
17 絵合（えあわせ）
18 松風（まつかぜ）
19 薄雲（うすぐも）
20 朝顔（あさがお）
21 少女（おとめ）
22 玉鬘（たまかずら）
23 初音（はつね）
24 胡蝶（こちょう）
25 蛍（ほたる）
26 常夏（とこなつ）
27 篝火（かがりび）
28 野分（のわき）
29 行幸（みゆき）
30 藤袴（ふじばかま）
31 真木柱（まきばしら）
32 梅枝（うめがえ）
33 藤裏葉（ふじのうらば）

光源氏の晩年のお話。
過去の行いが自分にもどってくるような事件が起こる。

34 若菜上（わかなのじょう）
35 若菜下（わかなのげ）
36 柏木（かしわぎ）
37 横笛（よこぶえ）
38 鈴虫（すずむし）
39 夕霧（ゆうぎり）
40 御法（みのり）
41 幻（まぼろし）
雲隠（くもがくれ）

雲隠はタイトルだけがあり、本文が存在しない。そのため、帖としてはカウントしないよ。

光源氏の子どもや孫世代のお話。
ふたりの若者の恋と別れが描かれている。

42 匂宮（におうみや）
43 紅梅（こうばい）
44 竹河（たけかわ）
45 橋姫（はしひめ）
46 椎本（しいがもと）
47 総角（あげまき）
48 早蕨（さわらび）
49 宿木（やどりぎ）
50 東屋（あずまや）
51 浮舟（うきふね）
52 蜻蛉（かげろう）
53 手習（てならい）
54 夢浮橋（ゆめのうきはし）

『源氏物語』の作者は紫式部。中流貴族の娘で、父の藤原為時は漢詩や和歌を得意とする学者。紫式部は幼いころからとてもかしこく、父が弟に漢文を教えているのをそばで聞いていただけで、覚えてしまったそう。

紫式部の一生

誕生	藤原為時という中流貴族の学者の娘として誕生。母は早くに亡くなってしまったという。また、娘時代には姉も死去。別れのつらさを味わって育った。
少女時代	村上天皇の息子、具平親王に女童（女房みならいの女子のこと）として仕えていたといわれる。
結婚	藤原宣孝と結婚し、娘の賢子をさずかり、幸せな結婚生活を送る。
夫との別れ	夫・宣孝が病死。紫式部は悲しみをまぎらわせるために『源氏物語』を書きはじめたらしい。
中宮・彰子の女房にスカウト	『源氏物語』の評判を耳にした藤原道長により、中宮（帝の正妻のこと）の女房としてスカウトされたみたい。
女房時代	彰子の女房として宮仕えをしながら、『源氏物語』を書き進める。『源氏物語』を書くための紙や筆、墨などは道長が用意してくれていた。『源氏物語』は大人気で、完成前の原稿を道長が持ち出すという事件も起きた。 道長と紫式部はひそかに恋人同士だったのではないかともいわれているよ♡
晩年	紫式部の晩年についてはわかっていないことが多く、宮仕えをやめた年も、亡くなった年も明らかになっていない。40代で亡くなったと考えられている。

光源氏

登場する巻

第一部と第二部すべて。『源氏物語』の主人公。第三部は**光源氏**が亡くなったあとの物語。

家族構成

〈父〉桐壺帝
光源氏は**桐壺帝**の第二皇子（次男）。

〈母〉桐壺の更衣
光源氏が3歳のときに死別。

〈息子〉夕霧
光源氏と**葵の上**の息子。

〈娘〉明石の姫君
光源氏と**明石の君**の娘。育ての母は**紫の上**。

人物像　恋多き孤独なプレイボーイ

『源氏物語』の主人公。当時の帝（天皇）・**桐壺帝**の第二皇子として生まれる。とても美しい容姿をしていて、音楽や絵画、舞踊など芸術のセンスも抜群。さらに政治の才能もあるというハイスペックイケメン。その魅力で、さまざまな女性と恋をする。

その反面、3歳のころに亡くした母・**桐壺の更衣**の面影を追い求める孤独な一面も。帝の息子として生まれるが、親王（天皇の家族）としてではなく、帝に仕える臣下として生きる。しかし、物語後半では「准太上天皇」という上皇（天皇を退いた、一世代前の天皇のこと）に次ぐほどの地位と権力を手に入れた。

顔だけでなく心もイケメン！

恋が冷めたら終わりではなく、一度愛した女性はその後もしっかりと面倒を見続けるという甲斐性の持ち主。また、女性の悪口は言わず、悪口がヒートアップしそうになったら、寝たふりをしてスルーするというエピソードも。

結局だれが一番好きだったの？

愛情は比べられるものではないけれど、もっともいっしょに過ごした時間が長いのは**紫の上**。ただし、**光源氏**が幼い**紫の上**（**若紫**）に恋心を抱いたのは「初恋の女性（**藤壺**）に似ているから」なので、**紫の上**本人としてはもやもやが残るところかも。

平安こぼれ話　「光源氏」は本名じゃない！

「**光源氏**」という名前は本名ではなくあだ名。「光」はキラキラ輝くように美しかったためについたニックネームで、「源」は光源氏が、皇族の身分を離れるときに天皇からもらった姓。

当時、名前はプライベートなものと考えられていたの。だから、光源氏に限らずほとんどのキャラクターが役職や愛称で呼ばれているよ。

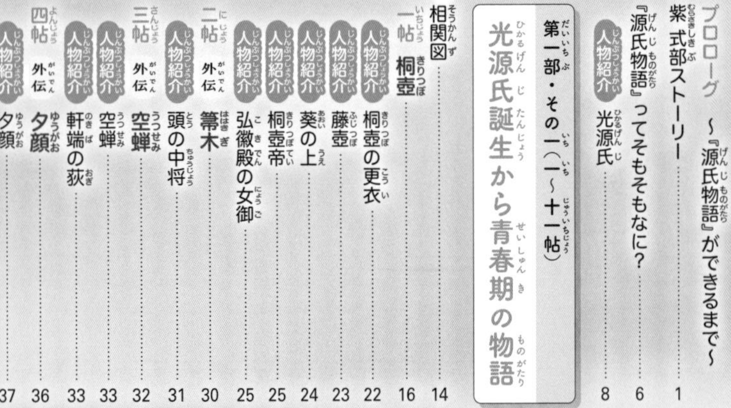

もくじ

プロローグ ～『源氏物語』ができるまで～

第一部・その一（一～十一帖） 光源氏誕生から青春期の物語

第一部・その二（十二～二十一帖） どん底から大逆転の物語

第一部・その三（二十二～三十三帖） 栄華を手にした絶頂期の物語

第二部（三十四～四十四帖）かげりと苦悩　晩年の物語

第三部（四十五～五十四帖）光源氏の子どもや孫の物語

この本は、当時の文化を参考にしていますが、物語をよりわかりやすくするために、話し言葉やビジュアルをアレンジしたり、衣装や建物を簡略化している部分があります。

コラム

おまじない・心理テスト・占い

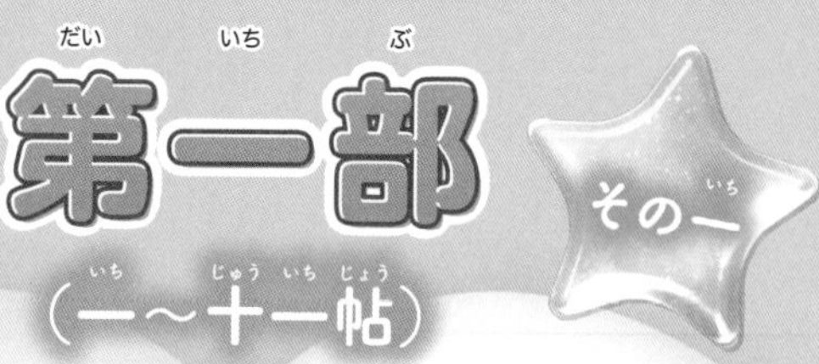

第一部 その一

（一～十一帖）

光源氏誕生から青春期の物語

若き日の光源氏の数々の恋愛が描かれたお話。
光源氏の父と母の大恋愛から、光源氏の初恋、
そして最愛の妻となる少女との出会いなど、
さまざまなラブストーリーがもりだくさん♡

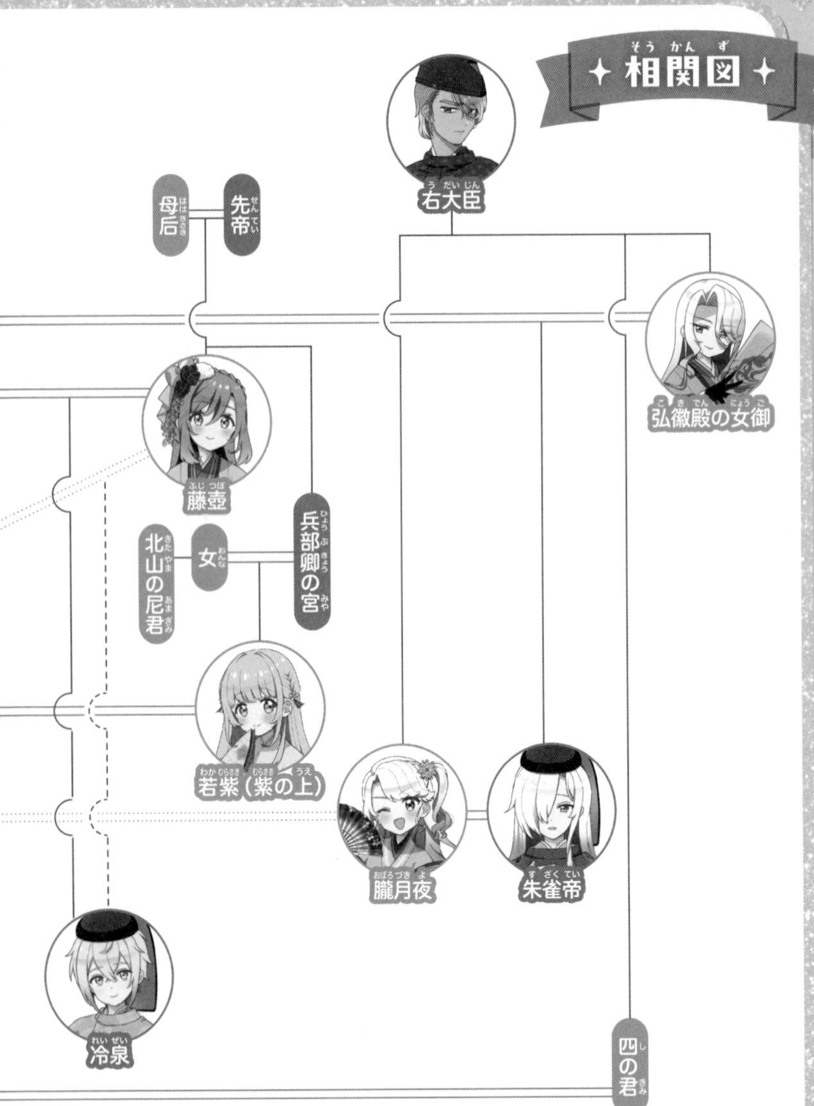
相関図
右大臣
母后
先帝
弘徽殿の女御
藤壺
兵部卿の宮
北山の尼君
女
若紫（紫の上）
朧月夜
朱雀帝
冷泉
四の君
恋人・夫婦関係
親子・きょうだい関係
浮気・不倫関係
不倫による親子関係

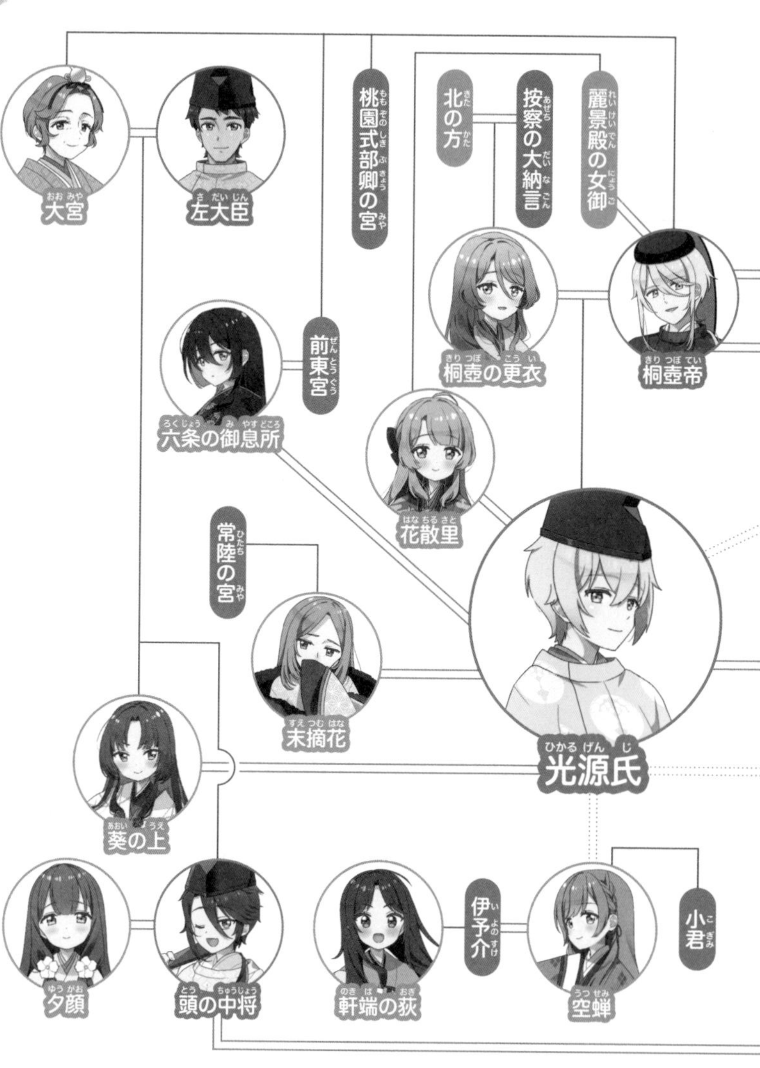
大宮
左大臣
桃園式部卿の宮
北の方
按察の大納言
麗景殿の女御
桐壺の更衣
桐壺帝
前東宮
六条の御息所
花散里
常陸の宮
末摘花
光源氏
葵の上
夕顔
頭の中将
軒端の荻
伊予介
空蝉
小君

一帖

桐壺（きりつぼ）

光源氏誕生の物語

主な登場人物

光源氏（光る君）
1〜12歳。

桐壺帝
当時の帝（天皇）。光源氏の父。

桐壺の更衣
帝の妃。光源氏の母。

弘徽殿の女御
帝の別の妃。

藤壺
桐壺にそっくりな帝の別の妃。光源氏の初恋。

その昔
帝から深く
愛されている
女性がいました

その名は
桐壺の更衣

桐壺の更衣は
ほかの妻ほど高い
身分では
ありませんでしたが

桐壺帝の愛を
一身に受けて
いました

桐壺の更衣

わたしなんて
ふさわしい身分では
ありません

ほかの女御
なんて
どうでもいい！

君を愛して
るんだ

やがてふたりの間に
とても美しい男の子が
生まれます

なんて美しい男の子なんだ…
はわ
わわ
桐壺の更衣さまの皇子さまびっくりするほどかわいいのよ
ほんとに！まるで光り輝いてるようね
次の東宮さまになったりするのかしら…
きゃっ
きゃっ
東宮の座はわたしの息子朱雀のものよ！
今にみてなさい…!!
きゃっ
更衣なんて低い身分のくせに生意気な
弘徽殿の女御

汚れていて通れないわ
どうしましょう…
くすくす
くすっ…
桐壺…！わたしを残して逝かないでくれ
ごめんなさい…わたしもあなたと生きたかった…
桐壺の更衣は多大なストレスにより寝込むようになりそのまま亡くなります
桐壺ー！
おかぁしゃま？
あの…
じつは先代の帝の姫君が桐壺さまによく似ていらっしゃるのです
妃に迎えてはいかがでしょう？
本当に桐壺にそっくりだ…
藤壺

あなたは この子の母に よく似ている
どうか かわいがって あげてくれ
藤壺さま 桜の花が 咲いてました！
まあ ありがとう 光る君 とってもうれしい！
あったかくて 優しい… お母さまのことは 覚えてないけど
きっと藤壺さま みたいな人 だったんだろうな
ずっと いっしょに いたいな…
光源氏が十二歳のとき 元服の儀式が行われました
帝 わたしの娘を 光る君にどうかと 思っているのですが…
光も元服したことだし よい機会かもしれんな

光る君
こちらが娘の葵です
葵の上
はじめまして
ふんっ
ぽかーん
やっちゃった!
恥ずかしくてそっぽむいちゃった!
藤壺さまにはもう会えないし
葵の上とはうまくいきそうもないし…
元服したらもう直接は会えないの…
藤壺さま↓
ガーン
藤壺さまのような人と結婚したかったなあ…

あらすじ

母の死、そして初恋の人との出会い

世は桐壺帝が帝として君臨していた時代。『源氏物語』は主人公・光源氏の父と母である桐壺帝と桐壺の更衣のストーリーからはじまります。

桐壺帝は、帝の妃としては低い身分だった桐壺の更衣を、ほかの妻たちより深く愛していました。そんなふたりの間に生まれたのが「光る君」＝光源氏。幼いころから美しい容姿をしていた光源氏は桐壺帝の第二皇子として宮中※でかわいがられて育ちます。しかし、帝から特別に愛される桐壺の更衣に嫉妬した、ほかの妃たちからのいやがらせによるストレスで、光源氏が3歳のころ、桐壺の更衣は亡くなってしまいます。

悲しみにくれる桐壺帝でしたが、数年後、桐壺帝は亡くなった桐壺の更衣によく似た藤壺を妻にもらい、少しずつ悲しみを乗りこえていきます。そして光源氏は母に似ているという藤壺にあわい恋心を抱きながら、12歳で元服をして、左大臣の娘である葵の上と結婚するのでした。

もっとくわしく

桐壺の更衣へのいやがらせはほとんどいじめだった!?

桐壺の更衣が受けたいやがらせは、帝の部屋へ行く途中、通路の扉にカギをかけて閉じ込められたり、自分の部屋への帰り道に汚物をまかれたり……。心を病むくらいのひどい「いじめ」だった。

※宮中：帝の住まいと、貴族たちが仕事をする官庁が集まった場所のこと。

桐壺の更衣

光源氏が追い求める理想の母

登場する巻

「桐壺」のみに登場。

家族構成

〈父〉按察の大納言
〈母〉北の方　〈息子〉光源氏

人物像

美しく切ないはじまりのヒロイン

光源氏の母。とても美しく、「更衣」という帝の妃の中で一番低い身分ながら、**桐壺帝**にもっとも愛された。ほかの妃からのいやがらせや、「**光る君**（**光源氏**）が次の東宮になるのではないか。それは許せない」という宮中のうわさ話によるストレスにより、**光源氏**を産んだあと、体調をくずし、やがて亡くなってしまう。

桐壺の更衣を守ってくれる人はいなかったの？

帝の妃たちは基本的に実家が後ろ見（P.77）となって守ってくれる。しかし、**桐壺の更衣**の実家は父親が亡くなり、勢力が弱くなっていたため、宮中での地位も低かった。

桐壺の更衣の面影をやどす光源氏のあこがれの女性

家族構成

〈父〉先代の帝
〈夫〉桐壺帝　〈息子〉冷泉帝

人物像

禁断の恋に苦しむ光源氏の理想の女性

亡き**桐壺の更衣**にそっくりだったため、**桐壺帝**の妃となった。更衣よりも上の「女御」という身分。**光源氏**より5歳年上で、きょうだいのように過ごしていたが、元服して会えなくなる。永遠のあこがれの女性。**光源氏**の初恋の人であり、のちに、中宮（帝の正妻のこと）になる。息子の**冷泉帝**はじつは**光源氏**との子。

登場する巻

「桐壺」から「薄雲」まで、たびたび登場。「薄雲」で亡くなる。

光源氏のことが好きだったの？

桐壺帝の妻という立場があるため、自分のことを好きだと言ってくる**光源氏**には困っているようす。でも本心では、年も近く美しい**光源氏**にひかれていたのかも⁉

葵の上

素直になれない光源氏のツンデレ妻

登場する巻

「桐壺」から「葵」まで。「葵」で息子・夕霧を出産後亡くなる。

家族構成

〈父〉左大臣　〈母〉大宮
〈兄〉頭の中将　〈夫〉光源氏
〈息子〉夕霧

人物像

愛を育む前に散った悲しきお姫さま

左大臣の娘で、**光源氏**と最初に結婚した身分の高い妻。ツンデレでなかなか素直になれず、結婚してしばらくは**光源氏**との関係もぎくしゃくしていた。しかし、妊娠をきっかけに**光源氏**と向き合うようになり、おたがいに想いはじめるも、**六条の御息所**の生霊にとりつかれ、息子・**夕霧**を出産後に亡くなってしまう。

素直になれなかったことがすれ違いの原因

ほかの女性のところへ行かないでほしいと思いながらも、素直に言えず不機嫌な態度をとっていた**葵の上**。**光源氏**はそんな**葵の上**の態度をさみしく思い、浮気で心をいやしていた。

亡き桐壺の更衣の面影を探す

桐壺帝

人物像

桐壺と光源氏を深く愛した優しい父親

光源氏の父。**桐壺の更衣**を深く愛し、亡くなったあとは**桐壺の更衣**に似た**藤壺**を妻に迎えて悲しみを乗りこえた。**光源氏**が権力争いに巻き込まれてつらい思いをしないようにと、「源氏」の姓をあたえて皇族から臣下の身分へ下げる決断をする。

どうして桐壺の更衣と名前が同じ？

じつは、『源氏物語』の中でこの帝の正式な名前は出てこない。**桐壺の更衣**を愛していたことから「**桐壺帝**」と呼ばれるようになった。

登場する巻

「桐壺」から「花宴」まで在位。「賢木」で亡くなる。

光源氏最大の敵

弘徽殿の女御

人物像

悪役に見られがちでも意外と正論も!?

桐壺帝と最初に結婚した妃。**右大臣**の娘で**朱雀**の母。**桐壺帝**の愛をひとりじめする**桐壺の更衣**に嫉妬し、いやがらせをした。中宮の座は**藤壺**にうばわれるも、息子の**朱雀**が帝になったあとは皇太后（天皇の母）として権力をふるう。

どうしてそんなに光源氏がきらい？

桐壺の更衣の子だから、息子の妻にしたかった**葵の上**をとられたから、妹の**朧月夜**に手を出されたからなど、きらいな理由はたくさん！

登場する巻

「桐壺」から「初音」までたびたび登場。「若菜上」ではすでに亡くなっていた。

知っておこう！

平安貴族と妃の位

平安時代は身分社会。貴族の中でも身分の差が明確に分けられていて、男性も女性も、役職や通称で身分がすぐにわかるようになっていたんだ。

女性の位

中宮（ひとりのみ）
女御（何人いてもOK）
更衣（何人いてもOK）

帝の正妻で、妃の中のトップ！

女御の中から選ばれる

弘徽殿の女御は「女御」。

藤壺はもともと「女御」で、のちに皇后である「中宮」になった。

桐壺の更衣は一番下の位である「更衣」。妃の中で一番低い身分でありながら帝の愛を一身に受けていた。

女性は、父親の身分によって位が決まり、中宮には東宮（皇太子）を産んだ女御や身分の高い女御が選ばれた。**藤壺**は「妃」という女御よりも格が高い妃だったため、**弘徽殿の女御**をおさえて中宮になれたのではないかという説もある。

男性の位

帝
太政大臣（一位）
左大臣　右大臣　など（二位）
大納言　中納言　など（三位）
参議（宰相）（四位）
近衛の中将　など（四位）
小納言　など（五位）
蔵人（六位）
大外記　など（六位）

上達部（一位～三位）
殿上人（四位・五位）
地下人（六位以下）

摂政・関白
帝の代わりに政治を行う。『源氏物語』にはあまり出てこない。

平安時代は貴族の男性が政治を行った。出世できるかどうかは、家柄で決まっていた。

住む場所も位によって決まっていた！

帝に仕える男性の貴族たちは京の都（平安京）に住みながら、宮中に通って仕事をするのが基本。帝と帝の妃たちは、宮中の「内裏」に住んで生活をしていた。

内裏とは？
帝が住む、いわゆる皇居のこと。妃たちは後宮（濃いピンク色の部分）に住んでいた。

桐壺の更衣が住んでいた場所。

内裏の地図

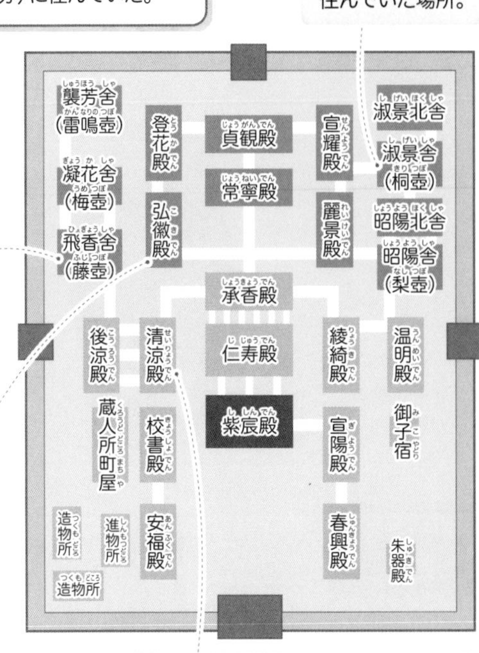

藤壺はここに住んでいた。

弘徽殿の女御はここに住んでいた。「住んでいた建物の名前＋位」が呼び名になっていることが多い。

帝は清涼殿に住んでいて、清涼殿に近い建物にいる妃ほど格が高いとされていた。

桐壺の更衣が住んでいたのは清涼殿からもっとも離れた「淑景舎」。帝のいる清涼殿に行くには、ほかの妃たちの住まいを通らなければいけなかった。帝に人一倍愛されている桐壺の更衣に嫉妬した妃たちは、この桐壺の更衣の移動中をねらって、いやがらせをしていたよ。

もっと知りたい！

平安貴族の服装

平安時代の貴族たちも、帝が住む内裏などで着る正装と、普段家の中で過ごす服装を分けていた。『源氏物語』は、プライベートなシーンがよく描かれているので、登場人物はリラックスしている服装をしていることが多いよ。

男性の普段着「直衣」

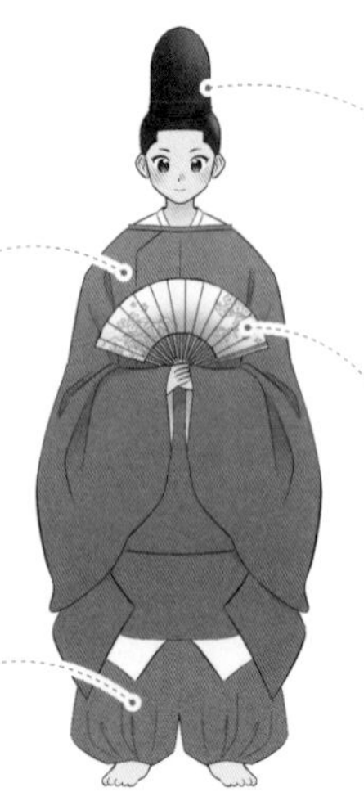

雑袍
下着（単と袴）の上に着る。位によって色や模様のルールがない。

指貫
ズボン。動きやすいように、すそを紐でくくることができる。

烏帽子
「結んだ髪を見せるのは、下着を脱ぐよりも恥ずかしい」とされていた。

扇
顔をかくす、あおぐ、メモをとるのに使う。「また会える」という意味の縁起物でも。

男性の正装「束帯」

笏
仕事の必要事項を裏側に貼って、「カンペ」のように使っていた。

表袴
ズボンのようなもの。その下にも大口という袴をはいている。

冠
和紙を何重にも重ねて、薄い布を張り、うるしを塗っている。

位袍
位で色が変わる。帝は赤茶の「黄櫨染」色の袍を着ている。

下襲
位袍の下に着る、すそが長い衣装。外出時は短くたたむ。

女性の普段着「袿姿」

単
いわゆる下着。重ねて着ることもある。夏用の単には透けるほど薄いものも。

袿
単と袴の上に重ねて着る衣。身長より長い。

小袿
袿より丈が短い衣。今のジャケットのようなもので、小袿姿は、袿だけよりも改まった服装。
※ここには描いていません

袴
下にはく下着のようなもので、基本的には赤色。

女性の正装「裳唐衣（十二単）」

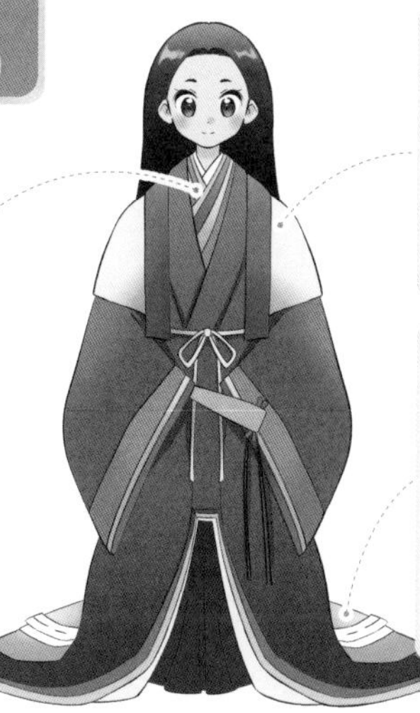

袿
袴と単の上に袿を何枚も重ねる。夏でも重ね着が基本。唐衣を着るときは、小袿は着ないことが多い。

唐衣
カーディガンのように上からはおる。これを着るとグッと正装っぽくなる。

裳
スカートみたいなもの。腰に結び、後ろに引きずるようにしてつける。正装にはマストの品。

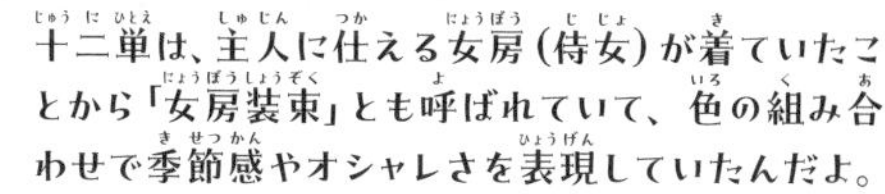

十二単は、主人に仕える女房（侍女）が着ていたことから「女房装束」とも呼ばれていて、色の組み合わせで季節感やオシャレさを表現していたんだよ。

二帖 外伝

帚木（ははきぎ）

光源氏、中流階級の女性との恋

あらすじ

今と変わらない？ 平安のボーイズトーク

外伝は本編から少し外れたサイドストーリー。この巻では、若き**光源氏**の恋愛のようすが描かれます。

光源氏は17歳。雨の日に宮中にいたところ、部屋に**頭の中将**、**左馬頭**、**藤式部の丞**がやってきて、恋愛話をはじめます。「妻にするなら家庭的で落ち着きのある女性がいい」「ほかの女性のところへ通ったからとすぐに怒る女性はめんどう」など、ボーイズトークをくり広げる**頭の中将**たち。**頭の中将**は過去の恋愛話として、妻からいやがらせを受け、子どもといっしょにゆくえをくらませてしまった中流階級の恋人「撫子の女」との切ない思い出を語ります。

その話を聞き、中流の女性との恋愛に興味を持った**光源氏**は、後日立ち寄った屋敷で見かけた、**空蝉**にアプローチをはじめます。

しかし、望まぬ結婚だったとはいえ、夫がいる**空蝉**は**光源氏**からのアプローチを断り続けるのでした。

主な登場人物

光源氏
17歳。

頭の中将
左大臣の息子。**光源氏**の親友。

空蝉
中流階級の女性。**光源氏**に言い寄られる。

左馬頭
宮中に仕える臣下。

藤式部の丞
宮中に仕える臣下。

光源氏の親友でライバル

頭の中将

負けずぎらいで情にあつい大親友

人物像

左大臣の息子で葵の上の兄。光源氏の親友で、「須磨」巻では、都から引っ越した光源氏のもとを訪れるなど、友情にあつい一面も。しかし、大人になるにつれて、光源氏とは権力をめぐって対立関係になってしまう。ハデ好きで、少しみえっぱりな性格。

じつは巻ごとに名前が変わる?

頭の中将は本名ではなく役職名。『源氏物語』の中では、「内大臣」「太政大臣」など、役職が上がるごとに呼び方も変わっていく。

登場する巻

「帚木」から「御法」まで登場。最後は太政大臣になる。

基礎知識

「方違え」で不吉な出来事をふせいでいた

平安時代は、陰陽道によって悪い方角を避ける習慣があった。どうしてもその方角の場所へ移動しなければいけないときは、いったん別の方角にある家に泊まってから移動していた。このことを「方違え」という。

「方違え」では、事前に泊まれる家を用意しておくことが基本。光源氏は方違えのために左大臣に仕える家臣の屋敷に泊まったんだけど、そこで出会ったのが空蝉だったわけ!

三帖 外伝

空蝉（うつせみ）

実らなかった中流女性との恋

空蝉ともう一度ちゃんと話がしたい
空蝉…
ぺら…
だれ？
すぴー
だれでもいいんかいっ
まあいっか…
Zz…
空蝉→

あらすじ

気持ちを伝えるもまさかの人違い!?

空蝉をあきらめられない光源氏は、空蝉の弟・小君の案内で空蝉の屋敷を訪れます。そっと部屋の中をのぞき込むと、そこでは空蝉の夫の連れ子で、空蝉にとっては義理の娘にあたる軒端の荻と空蝉が仲よく囲碁を打っていました。空蝉と軒端の荻の姿を見た光源氏は、「軒端の荻は美人だが、空蝉のほうがやはり上品でステキだ」と感じ、夜に空蝉のもとへ忍び込むことを決めます。

しかし、空蝉は光源氏が入ってくる気配を察知すると、危険を感じて、小袿を脱ぎすてて部屋の奥へとかくれてしまいました。

そうとは知らない光源氏は寝ている軒端の荻を空蝉だと勘違いし、抱き寄せます。その瞬間、空蝉ではないことに気がついた光源氏でしたが、今さら人違いだとは言えず、そのまま軒端の荻を抱きしめることに。そして帰り際、空蝉が脱ぎすてていった小袿をそっと持ち帰るのでした。

主な登場人物

光源氏
17歳。

空蝉
中流階級の女性。光源氏に言い寄られるも逃げ続ける。

軒端の荻
空蝉の義理の娘。空蝉と間違えられ光源氏に言い寄られる。

はじめての失恋の相手
空蝉

人物像

あわい恋心を捨てたかしこく上品な女性

もともと上流貴族の娘だったが、親を亡くして落ちぶれ、仕方なく親子ほど年の離れた中流貴族の**伊予介**と結婚。中流階級の女性に興味を持っていた**光源氏**に何度もアプローチされるも、結婚しているし、身分がふさわしくないと断り続ける。

光源氏への複雑な思い

光源氏にひかれる気持ちもありながら、立場を考えて断り続けた。「独身のときならよかったのに」と、つい本音をもらすシーンもある。

登場する巻
「帚木」「空蝉」「関屋」「初音」に登場。

軒端の荻

人違いで一晩の恋

人物像

間違えられた女性は色白グラマラス美女

伊予介（空蝉の夫）と前の妻との子で、**空蝉**の義理の娘。色白な美人だが、あけっぴろげで陽気な性格で、上品さにかける。部屋へ忍び込んできた**光源氏**と恋がはじまりかけるも、人違いだったため、その後、**光源氏**が訪れることはなく関係は終わる。

その後、幸せになれたの？

「夕顔」巻で、ほかの男性と結婚していることが発覚！ 光源氏からもたまに手紙を送られることはあったみたい。

登場する巻
「空蝉」「夕顔」に登場。

のぞき見でマッチング

貴族の恋は「垣間見」からはじまる！

平安時代の貴族の女性は、めったに外出しないので、男性が女性に出会うチャンスはなかなかなかった。そのため、男たちはうわさ話や、一瞬見えた姿から恋をスタートさせて、その後、ラブレターを送ったりして想いを伝えていたよ。

平安の恋のスタイル

垣間見

女性は家の奥にいることがほとんどだけれど、ふとしたことから姿が見えてしまうことも。男性はステキな女性のうわさを聞きつけると、そんなラッキーな瞬間を狙って、その姿を一目見ようと、家の垣根の間から盗み見ていた。それを「垣間見」という。

平安貴族はうわさ話が大好き。普段、人前に女性が現れることはないが、「あの子は和歌が上手らしい」「とっても美人らしい」「ファッションセンスがいいらしい」などのうわさ話がどこからともなく広まっていく。男性はそんなうわさ話から、「会ってみたいな～」と、女性への恋心をつのらせていった。

ラブレターの文通

垣間見などで気になる女性ができたら、まずは男性から手紙を送る。手紙には相手を想ってよんだ和歌をしたためる。手紙や和歌の内容には、センスや教養が表れ、上手な和歌がよめると、とてもモテた。一方、女性は手紙や和歌の内容を見て、男性に返事を書くかどうか決める。ただしすぐには返事をせず、3～4回はスルーすることが多い。女性から返事があれば、脈ありのサイン。

ときには本人ではなく、両親やおつきの侍女が手紙を読んで、返信することもあったとか！

女性の家で初デート

何度も手紙をやり取りして、女性が心を許したら、「会ってもいいよ」という内容の手紙を送る。受け取った男性は、日が暮れてから女性の部屋に忍び込み、ふたりはそこではじめて出会う。ただし、どんなにラブラブになっても、明け方には男性は帰らなくてはいけない。

まだ結婚をしていないふたりの関係は秘密。女性の部屋に通う姿がほかの人に見つかると、「気まずい」とされていたよ。

手紙とデートで愛を深める

ふたりで会った日の翌朝、家に帰った男性は後朝の歌という、ふたりで過ごした思い出や高まる恋心をよんだ和歌を書いた手紙を送り、受け取った女性も返信をする。

朝に手紙を送らないと「それっきりの関係」という意味になり、手紙を送るのが早いほど「愛する気持ちが強い」とされた。

ついに結婚へ！

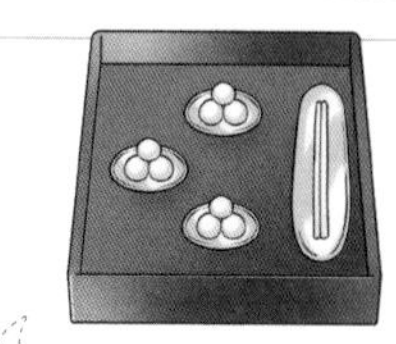

3日間連続で男性が女性のもとに通うと、結婚が成立！　3日目の夜には女性の家が用意した「三日夜の餅」というお餅を食べる。この時代、お餅はお祝い事に欠かせない食べものだった。お金持ちの家では、銀の皿とはしを使うなど、ぜいたくにお祝いした。

男性はかみ切らずに3つ食べる。女性は品よく見せるために食べないのが作法。

晴れて夫婦へ

最後に「露顕」という、結婚披露パーティーを行い、正式な夫婦に。しかし、結婚しても同居する夫婦は少なく、女性は実家に暮らし続け、男性が毎晩妻のもとに通う「通い婚」(P.69) のスタイルが一般的だった。

四帖 外伝

夕顔（ゆうがお）

秘密の恋の悲しい結末

きれいな花だ なんという 花だろう…？
もしかして 源氏の君でしょうか？ それは白露のような 輝きが加わった夕顔です
ちら…
す…
なんてかわいい アプローチなんだ！
きゅ～～ん

あらすじ

心ひかれた夕顔との早すぎる別れ

光源氏が**六条の御息所**のところへよく通っていたころのこと、**光源氏**は従者の**惟光**と、六条への道の途中にある乳母※の家を訪れました。

となりの家を見ると、きれいな夕顔の花が咲いています。つき人に花を取らせようとすると、その家の使用人が花をのせるための扇を持って出てきました。よく見ると、扇にはその家に住む女性・**夕顔**からの和歌が。心ひかれた**光源氏**は、身分をかくしてその家へ通うようになります。無邪気な**夕顔**に夢中になっていった**光源氏**は、もっと静かなところで会いたいと思い、近くの使われなくなった屋敷へ**夕顔**をさそいました。幸せなひとときを過ごすふたりでしたが、**光源氏**がうとうとしていると、美しい女のもののけが現れて、気がつくと**夕顔**は死んでいました。激しく落ち込む**光源氏**は、その後、**頭の中将**が前に話していた「撫子の女」が**夕顔**であることを知るのでした。

※乳母：実の母親の代わりに子どもを育てるお世話係のこと。

主な登場人物

光源氏
17歳。

惟光
光源氏の従者で乳母の息子。

夕顔
19歳。乳母のとなりの家に住むなぞの女性。

六条の御息所
24歳。**夕顔**に出会う前、**光源氏**がよく通っていた恋人。

花びらのようにはかなく散った
夕顔

人物像

可憐さと積極さのギャップが魅力

素直でおっとりした性格だが、自分から和歌を送るという積極的な面も。**頭の中将**の恋人だったが、妻からのいやがらせや、**頭の中将**が自分を優先してくれない悲しみから、娘・**玉鬘**を連れて姿を消す。その後、さびれた屋敷でなぞの死をとげる。

なぞの死は“もののけ”のしわざ？

明確に記されてはいないが、“もののけ”によって殺されたという説は有力。もののけの正体は**六条の御息所**だとも考えられている。

登場する巻
「夕顔」のみに登場。

惟光

光源氏の恋のサポーター

人物像

光源氏とともに育った優秀で気の利く従者

光源氏の乳母子※で、腹心の従者。**夕顔**の素性をさぐったり、**夕顔**の葬儀を行ったりと、**光源氏**の優秀な右腕。「須磨」巻で**光源氏**が須磨に移るときも、離れずつき添った。娘の**藤の典侍**は、**光源氏**の息子・**夕霧**にみそめられ、長年の恋人となる。

まじめに見えて適度に遊んでいた!?

とても優秀な従者だが、**夕顔**の素性をさぐるために、**夕顔**の家の女房と恋人になるなど、意外とちゃっかりした面もあったみたい！

登場する巻
「夕顔」から「梅枝」まで登場。

※乳母子：乳母の子どものこと。主人とはきょうだいのように育つことが多い。

六条の御息所

美しく気高い悲しき未亡人

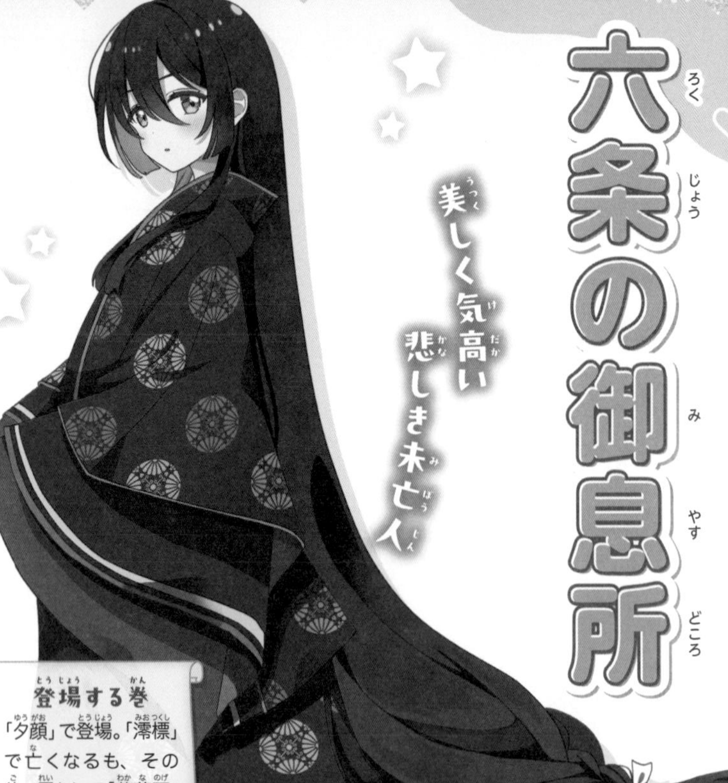

登場する巻

「夕顔」で登場。「澪標」で亡くなるも、その後、霊として「若菜下」や「柏木」にも登場。

夫が生きていたら帝の妃だった？

16歳で東宮に嫁ぎ、娘の**秋好**を出産するも、20歳で東宮と死別。夫の東宮が生きていれば、帝の妃で一番身分の高い中宮になれていたかも。

人物像

愛が憎しみに変わった高貴なインテリ美女

夫だった前東宮（皇太子）が亡くなり、未亡人となる。最初は7歳年下の**光源氏**からの告白を受け入れようとしなかったが、猛アプローチに根負けし恋人に。つき合ってからは、自分のほうが**光源氏**にのめり込むようになっていった。かしこく美しい女性だが、嫉妬のあまり気づかぬ間に生霊をとばしてしまうことがある。

これが平安の医療!?

生霊やもののけをはらうのは陰陽師

平安の人々は「病気は恨みを持つ人の生霊や、亡くなった人の霊である、もののけのしわざだ」と考え、病気になるともののけを退治する儀式を行った。なかでも、身分が高い人が病気になった際のおはらいは、陰陽師が担当した。

陰陽師とは？

陰陽五行という考え方をベースにした占いを専門に行う職業。次第にもののけの退治や、厄除けの儀式も担当するようになった。当時も、今でいう医者という職業はあったが、医学のレベルがまだ低くてあまり治せず、「病気はお祈りをして治す」というのが一般的な考えだった。

病気の原因が「恨みを持つだれかのしわざに違いない」となると、陰陽師が登場。火を焚いて、呪文を唱えるよ！

紫式部はおばけ否定派？

平安時代の人々の多くが、病気を「生霊や死霊によるたたり」と考えるなか、紫式部はちょっと違った考え方をすることもあったみたい。紫式部がよんだ和歌に
「亡き人にかごとはかけてわづらふも　おのが心の鬼にやはあらぬ（死んだ霊のたたりだ！　と濡れ衣を着せて苦しんでいるが、本当は自分の良心の呵責に苦しんでいるのでないか）」
というものがあり、「もののけって、じつは自分の思い込みや悩みが見せる幻では？」と、それとなく言っている。もちろんお祈りに頼ることはあったけれど、紫式部は現代の科学的な考え方にも近づいていたのだ。

現代版

あなたも今日から陰陽師!?

「厄」をはらうおまじないで運気アップ

平安時代に大活躍していた陰陽師。当時信じられていた「おまじない」の力を借りて毎日の運気を高めちゃおう♪

おまじない 1 運が悪いときに試すおまじない

Step 1 東に向かって立ち鏡をのぞき込む

手鏡を用意したら、東に向かって姿勢を正して立つ。鏡の中の自分の目を20秒間見つめ、ほほえみかける。

Step 2 元気よくおもいっきり呪文を唱える

口をめいっぱい動かしながら「オネガイハリネズミ」と、3回唱える。ダイナミックに顔全体の筋肉を動かすイメージで。

Step 3 心の中でハリネズミに感謝をする

鏡を胸に当て、深呼吸をしながら、心の中で、「これで運気がよくなった、ありがとう」とつぶやく。

ハリネズミを「幸運をもたらす象徴」としている国もあるよ♪
おまじないでハリネズミをあなたの味方につけちゃおう！

おまじない 2

金運アップのおまじない

Step 1 自分の生まれた年の5円玉を探す

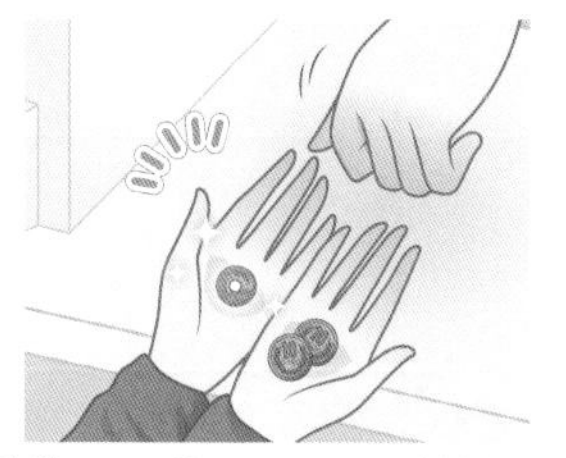

5円玉は「ご縁」といって、金運をアップしたり、いろいろな幸運を結ぶ象徴。まずは自分が生まれた年の5円玉とのめぐり合いを待ってみて。

Step 2 赤と白の毛糸を穴に通して結ぶ

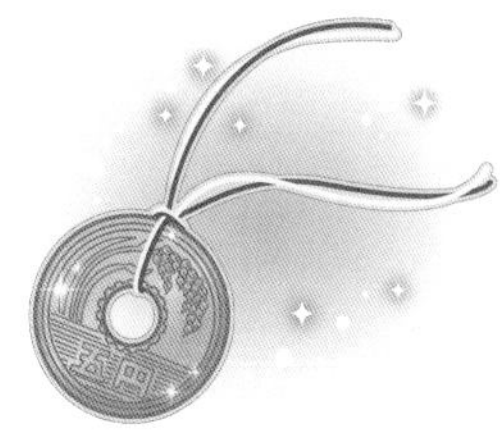

5円玉を布などできれいに磨いたら、赤と白の毛糸を用意して、2本合わせて穴に通して結ぶ。この5円玉は常に財布に入れておくよ。

自分の生まれた年の5円玉がなければ、家族や親せきなど、身近な人の生まれた年の5円玉でもOKだよ！

おまじない 3

友達と仲よくなれるおまじない

Step 1 水星パワーの魔法陣を描く

青いペンを用意して、紙に手の平の大きさくらいの円を描く。円と接するよう内側に三角を描き、中心に水星のマークを描き入れる。

Step 2 仲よくなりたい人の名前を書く

三角の頂点には自分の名前、下の2つの角には仲よくなりたい友達の名前をふたり書く。雨が降っている夜に行うと、より効果的！

Step 3 だれにも見られないように保管する

紙は3日間、だれにも見られないように保管して、4日目の夜に小さくちぎって紙吹雪のように散らしながらゴミ箱に捨てよう。

五帖

若紫（わかむらさき）

運命の女性となる少女との出会い

高熱が下がらず北山へ療養に向かった光源氏は

そこで運命の出会いを果たします

わぁああん

犬君がすずめの子を逃しちゃったの！

あらあらそんなことで泣かないの

なんてかわいい子なんだ

藤壺さまにそっくりだ

若紫

主な登場人物

光源氏
18歳。

若紫（紫の上）
10歳。藤壺のめい。

藤壺
23歳。光源氏の初恋の人。

兵部卿の宮
若紫の父で藤壺の兄。

あの子と朝も夕もいっしょに過ごせたら…！
しかし若紫はまだ10歳
真面目に話を聞いてもらえるわけもなく…
ぜひわたしに彼女を引き取らせてください！
おばあさま!!
いや さすがに…
あと4、5年経ってまだお気持ちがあればご連絡ください
やはり断られてしまったか…
しかし話によるとあの子は藤壺さまのめい
そりゃ似てるわけだ…
そんな中、藤壺が体調不良で実家に帰っていることを耳にします
藤壺さま…
ダメです わたしたちはもう会えないのよ
お願いです一目だけでも…
これが藤壺さまに会う最後のチャンスかもしれない…！
ばっ
！

あなたを心の底から愛しているんです！
きゅ…
3か月後
藤壺懐妊の知らせが宮中へと届きました
わたしはなんていうことを…
もしやわたしと藤壺さまの子…
秋
若紫の祖母が亡くなったという連絡が届きます
おばあさま…
さみしいよう…
ふっ ふっ
紫
わたしといっしょにおいで
そして若紫は光源氏に引き取られ二条院で暮らすようになるのでした

あらすじ

かなわぬ恋の苦しみをいやした若紫の笑顔

病気に悩まされていた**光源氏**は、治療のために有名な僧がいる北山を訪ねていました。北山のきれいな景色をながめていると、ある屋敷が気になり、垣根の間から中をのぞいてみることに。そこでは、初恋の人・**藤壺**にそっくりな少女・**若紫**が「すずめの子を逃してしまった」と泣いていました。そのかわいらしさに目をうばわれた**光源氏**は、**若紫**を引き取って自分のもとで育てたいと思うようになります。

京へ帰ったあと、**藤壺**への恋心をどうしても捨てられない**光源氏**は、里帰り中の**藤壺**の部屋へ忍び込み、その後、**藤壺**は**光源氏**の子どもを妊娠。夫・**桐壺帝**への罪悪感にさいなまれた**藤壺**は、**光源氏**からのアプローチをすべて断るようになります。

しばらくして**若紫**の祖母が亡くなり、**光源氏**は**若紫**を自分の屋敷に引き取ります。最初はおびえていた**若紫**でしたが、優しく美しい**光源氏**に次第に懐いていくのでした。

もっとくわしく

帝の妃も定期的に里帰りをしていた!

死や血などは「けがれ」とされ、宮中に持ち込んではいけないという決まりがあった。そのため、妃や宮中に勤める女性たちは、出産や病気のときには、数か月〜数年単位で実家に里帰りをして過ごしていた。

紫の上（若紫）

光源氏がもっとも愛した妻

登場する巻

「若紫」から「御法」まで登場。「御法」で亡くなる。

家族構成

〈父〉兵部卿の宮
若紫は**兵部卿の宮**と亡くなった恋人の子。

〈夫〉光源氏
幼いころから死ぬまで連れ添った最愛の夫。

〈おば〉藤壺
兵部卿の宮の妹。実際に会ったことはない。

〈義理の娘〉明石の姫君
幼いころに引き取り、東宮へ嫁ぐまで育てた。

人物像　愛らしさとかしこさをかねそなえた美女

少女のころ、光源氏に引き取られ、光源氏の屋敷で育つ。藤壺のめいで、藤壺にとても似ている。和歌のセンスもよく、優しく上品な性格だが、光源氏がほかの女性のところへ行こうとすると、嫉妬してすねるなど、素直でかわいい面も。光源氏が須磨に住んでいた間は、ともに行きたい気持ちがありながらも健気に待ち続け、立派に屋敷を守りきった。

葵の上が亡くなってからは、第一の妻として、六条院で光源氏と仲むつまじく暮らしていたが、身分の高い女三の宮が嫁いできたあたりから、「第一の妻」の座がゆらぎはじめ、不安を抱えるようになる。

紫の上は光源氏の理想をつめ込んだ女性

若紫を引き取った光源氏は、自分の理想の女性になるように、若紫にたくさんのことを教えた。そのため、紫の上は和歌をよむのもうまく、字もきれいで、気配りもできる、だれもがあこがれる完ぺきで美しい女性に育った。

紫の上は光源氏と藤壺の関係を知っていたの？

藤壺と紫の上は会ったことがない。また、光源氏と藤壺の関係は決して世間に知られてはならなかった。そのため、紫の上は光源氏が、忘れられない初恋の女性の面影を求めて自分を引き取ろうとしたことは知らなかったはず。

もっと知りたい！

紫の上は正妻だったの？違ったの？

平安貴族の男性は複数の妻のもとに通っていて、妻たちは、夫の愛の深さや実家の強さなどによって、序列ができていた。女三の宮と結婚するまでは、紫の上が光源氏の一番の妻で、「正妻」と呼ばれる妻だった。

当時は中国から取り入れた法律を、日本に合わせながら使っていたから複雑なの。基本的に「一番の妻」が正妻に当たるけど、序列は変わることもあったみたい。

六帖

末摘花（すえつむはな）

親友と奪い合った女性のまさかの姿

朝の空が美しいから出てきてごらん
まぁー
ほんとうにきれい…
お…

あらすじ

仲を深めるも理想との違いに混乱

夕顔のことが忘れられない**光源氏**は、**夕顔**と似たような境遇の女性・**末摘花**の話を聞き、興味を持ちます。**末摘花**の屋敷に行くと、屋敷からは琴の音色が聞こえました。**光源氏**はその音を聞きながら、まだ見ぬ**末摘花**に思いをはせるのでした。

　屋敷を出ようとすると、そこには**頭の中将**の姿がありました。ふたりは、どちらが先に**末摘花**に手紙の返事をもらえるかの勝負をはじめます。でも、引っ込みじあんな**末摘花**はなかなか手紙を返してくれません。進展しない恋にやきもきした**光源氏**は、**末摘花**の部屋に忍び込みます。しかし、思いを伝えたあと、**末摘花**の姿を見てびっくり。彼女の顔は、鼻がたれ下がっていて鼻の先が赤く、とても美人とはいえなかったのです。理想と違ったことにがっかりした**光源氏**でしたが、**末摘花**の貧しい暮らしを気の毒に思い、これからも面倒を見ることを決意するのでした。

主な登場人物

光源氏
18〜19歳。

末摘花
光源氏と**頭の中将**に言い寄られる女性。

頭の中将
光源氏に対抗し、**末摘花**にアプローチをする。

不器用さと一途さで心をつかんだ

末摘花

人物像

シャイで不器用でも、ピュアで一途

皇族の娘で身分の高い女性だが、父親が亡くなってからは落ちぶれた生活を送っていた。ゾウのように長い鼻という個性的な容姿をしていて、性格はシャイで古風でちょっと変わり者。流行おくれの男性用のクロテンの毛皮の衣を着ている。

登場する巻

「末摘花」「蓬生」「玉鬘」「初音」「行幸」に登場。

個性的なだけじゃない美しい魅力も

末摘花は頭の形と髪のたれ具合がとてもきれいで、これは当時最高のチャームポイント！魅力的な部分もしっかり描かれている。

もっと知りたい！

光源氏が聞いた将来を暗示する夢のお告げ

光源氏は「若紫」巻で不思議な夢を見る。のちの「澪標」巻の情報と考え合わせると、「帝と中宮、太政大臣を子に持つ」というお告げだったらしい。これは、トップの権力を手にすることを意味していた。

当時、夢は「お告げ」としてとても重要視されていたの。平安時代には、夢を読み解く「夢解き」という職業もあったほど！

キレイな髪は女の命

平安時代は髪が美のシンボルだった

平安時代、髪は美の象徴だった。髪は究極の「飾り」で、出家する（＝髪を切る）ことを「落飾」といったくらい。末摘花は「顔は美しくない」といわれていたが、髪は長く美しく、光源氏にも絶賛されていた。長さは2.7mもあったそう！

平安貴族の髪事情 1

髪が美人の条件になったワケは？

平安貴族の女性は、身長より長い着物を着ていたり、何枚も重ね着をしているため、体型がわかりづらい。また、扇で顔をかくすことも多かったため、特によく見えるパーツである「髪」の美しさが注目されるようになり、カラフルな着物とのコントラストがはっきり出る、つややかな黒い髪が美しいとされた。大人の男性は、烏帽子や冠をかぶっているので髪が見えることは少ないが、少年は髪が美しいとほめられた。

平安貴族の髪事情 2

美しい髪の条件

- ☑ 毛量が多い
- ☑ ストレート
- ☑ 黒髪
- ☑ ツヤがある
- ☑ とにかく長い
- ☑ 頭の形がよい

髪が短い人は、つけ毛やかつらを使ってロングヘアに見せることもあったよ。末摘花は自分の抜けた髪の毛をひろってかつらをつくり、幼なじみの侍女の旅立ちの際に渡したというエピソードもある（ただし、当時としても一風変わった贈り物）。

平安貴族の髪事情3

こんなに長くて寝るとき大丈夫!?

眠っている間に髪が絡まってしまわないよう、頭の上に投げ出したかたちで就寝する人が多かったよ。結んだ状態で眠る人も。

9月や10月は「忌み月」なので、髪が洗えないの。

平安貴族の髪事情4

髪を洗うのは、1日がかり!

現在のようにタオルやドライヤーがないため、洗ってから乾かすまで丸1日かかり、乾かすときは、侍女たちがお手伝いして天日や火鉢にさらしたそう。さらに、日柄がよい日にしか髪を洗うことは許されなかった。

平安貴族の髪事情5

ヘアウォーターはとぎ汁

毎日のケアでは、「泔杯」という容器に米のとぎ汁などを入れたものをくしにつけてとかす。米のとぎ汁を使うと髪が早く伸びるともいわれていた。

なかなか洗えないから、毎日のケアが大切!

七帖

紅葉賀（もみじのが）

秘密を抱えた皇子の誕生

光源氏と頭の中将は桐壺帝が朱雀院※への行幸（帝の外出のこと）で行う舞「青海波」の予行練習を行うことに

やっぱり光の舞は美しいな…藤壺にも見せたくてこの予行練習を設けたんだ

ええ とても素敵でした…

おなかの子のことがなければもっと素直に喜べたのに…

おぎゃー おぎゃー…

主な登場人物

光源氏
18〜19歳。

頭の中将
光源氏と青海波を舞う。

桐壺帝
光源氏の父。藤壺が妊娠したことを喜ぶ。

藤壺
23歳。光源氏との不倫の罪悪感でいっぱい。

※朱雀院：帝が帝位を譲ったあとに住む離宮のこと。朱雀帝ものちに住む。

年明け
藤壺は息子を出産します
なんて美しい子なんだ
光にそっくりだ
この子がわたしと藤壺さまの…
じつは今でもそなたを東宮にしなかったことを悔いているんだ
だから藤壺を中宮にしてこの子を次の東宮にしようと思っている
光はこの子の後ろ見になってやってくれ
もちろんです…！
この子のことは生涯をかけて大切に守っていこう

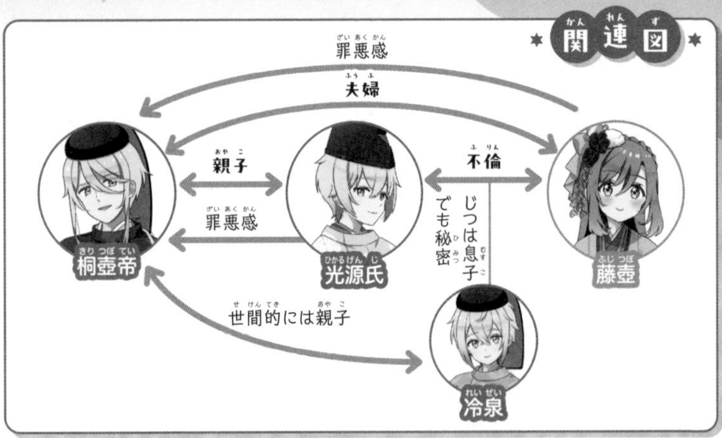

あらすじ

見事な舞の裏にかくされた罪悪感

紅葉の美しい秋のころ、朱雀院で宴が行われることになり、妊娠している藤壺のために、桐壺帝は宮中でリハーサルを行うことにしました。

そこで、**光源氏**と**頭の中将**は唐（今の中国）から伝わった「青海波」という舞を踊ります。**光源氏**の舞の美しさに人々が感動する中、**藤壺**は**桐壺帝**を裏切った罪悪感から、**光源氏**を素直にほめることができませんでした。

藤壺は**桐壺帝**の子としては少し遅い、2月中旬に**光源氏**にそっくりな男の子を出産。**桐壺帝**は「**光源氏**にそっくりだ。美しいものは似るものなんだな」と喜びます。**光源氏**は罪の意識にさいなまれながらも、我が子の誕生に感動しました。

7月、**藤壺**は最高位の妃・中宮となります。**桐壺帝**に一番最初に入内（帝と結婚して内裏に入ること）していた**弘徽殿の女御**は大激怒。よりいっそう、**藤壺**と**光源氏**への憎悪を燃やしていくのでした。

もっとくわしく

どうして藤壺を中宮にしたの？

桐壺帝は、**桐壺の更衣**を死なせた**弘徽殿の女御**は中宮にふさわしくないと思っていたよう。また、**藤壺**の息子（**冷泉**）を次の東宮にするために、母である**藤壺**を中宮にして、強力な後ろ盾とした。

イケメンの華麗なダンス

「青海波」を踊るふたりにうっとり

紅葉賀の名シーンといえば、**光源氏**と**頭の中将**が中国から伝わった「青海波」を踊るシーン。リハーサルと本番、どちらの場面もていねいに書かれている。今を時めくふたりの美しい男性が、息ピッタリで音楽に合わせて踊る姿に、観客たちは感動した。青海波は現代でもよく上演される舞のひとつだよ。

鮮やかな紅葉が舞う、秋の夕暮れの宮廷。帝は、女性たちにもふたりの姿を見せようと、本番に向けてのリハーサルを行う。踊りを見た女性たちはたちまち魅了されてしまった。

ふたりは紅葉を頭にさして踊っていたが、**光源氏**のあまりの美しさに圧倒されたのか紅葉が散ってしまい、菊の花をさした。

青海波はふたり一組で舞う演目。力強い踊りで、寄る波や引く波を表現する。

この踊りのときにだけ着る着物で、波や鳥など、豪華な刺繍がされている。今ではこの模様を「青海波」と呼ぶ。

光源氏の舞を見た女性の感想

ふ…ふん！
神かくしにでもあうんじゃない？
(くやしいけど、美しすぎる…！)

弘徽殿の女御

(…あの秘密さえなければ、もっと素直な気持ちでカレの晴れ姿を楽しめたのに…。)

藤壺

八帖

花宴（はなのえん）

月夜の思いがけない出会い

春

宮中で桜の宴が行われました

その日の夜
光源氏は藤壺に会いにいこうとします

カタ…ッ

ダメか…

しまってる…

弘徽殿の戸が開いてる…？

朧月夜に

似るものぞなき…♪

主な登場人物

光源氏
20歳。

朧月夜
光源氏が弘徽殿で会ったなぞの女性。

朱雀
光源氏の異母兄。東宮で次期帝候補。

弘徽殿の女御
光源氏の宿敵。じつは朧月夜の姉。

※朧月夜の扇は「桜重ね」または「桜の三重重ね」。檜の薄い板を三枚重ねて貼り桜色に塗ったものだったらしい。
朧月夜
あなたのお名前は？
わたしの正体を自力でつきとめようとは思わないの？
それでは目印に扇※を交換しましょう
後日宴に招かれた右大臣邸で光源氏は彼女を見つけます
この声は…！
そうか彼女は弘徽殿の女御さまの妹君だったのか…

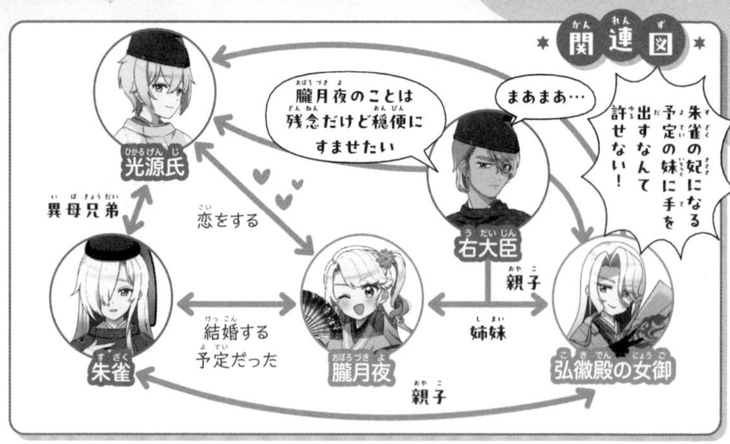

あらすじ

自由な姫に心うばわれる

2月の終わり、宮中で桜の宴が開かれました。**光源氏**は**朱雀**の指名により、すばらしい漢詩と舞を披露します。その夜、**光源氏**は**藤壺**に会いに行こうとひそかに部屋を訪れましたが、扉はしっかりと閉められていて入ることができません。

落ち込みながら弘徽殿のほうへ進むと、開いている扉があることに気がつきます。そっと中に入ってみると、「朧月夜に似るものぞなき」と歌いながら歩いている女性（**朧月夜**）がいました。この時代、女性は立て膝で移動するのが基本だったので、光源氏はその姿におどろくとともに興味をひかれ、声をかけます。

ふたりは恋に落ちますが、**光源氏**は弘徽殿に忍び込んでいる立場。朝が来る前に帰らなくてはなりません。**光源氏**と**朧月夜**はおたがいを探す目印に扇を交換し、別れます。

その後、**右大臣**が開催した藤の宴で**光源氏**と**朧月夜**は再会。危険な恋にのめり込んでいくのでした。

もっとくわしく

恋と政治の切っても切れない関係

当時の結婚は政略結婚が基本。名門の家に娘を嫁がせて、自分の権力をより強くしようとしていた。**光源氏**は**右大臣**家の政略結婚の武器になる**朧月夜**に手を出してしまったため、**右大臣**家の怒りを買った。

朧月夜

敵対する家との許されぬ恋

登場する巻

「花宴」から「若菜下」までたびたび登場。

家族構成

〈父〉右大臣
〈姉〉弘徽殿の女御

人物像

自由で積極的な箱入り娘

右大臣の娘で**弘徽殿の女御**の妹。弘徽殿で歌っている姿を見られたことをきっかけに、**光源氏**とひそかに恋人同士になる。**光源氏**との恋により、東宮・**朱雀**との結婚は取りやめになってしまうが、その後もかくれて**光源氏**と恋人関係を続けた。それが世間にバレたことをきっかけに、**光源氏**は須磨に旅立つことになる。

光源氏との恋のせいで婚約破棄!?

未来の中宮になる!?と期待されていたが、**光源氏**との恋により婚約破棄。帝の仕事を手伝う「尚侍」として**朱雀**に仕えることに。

朱雀帝

光源氏の陰にかくれた心優しき異母兄

登場する巻

「桐壺」から「夕霧」まで登場。「花宴」と「葵」の間に即位し、「澪標」まで在位。

家族構成

〈父〉桐壺帝
〈母〉弘徽殿の女御
〈異母弟〉光源氏

人物像

光は当たらずもおだやかな好青年

桐壺帝と**弘徽殿の女御**の息子。**桐壺帝**の第一皇子で東宮。「花宴」と「葵」の間に**桐壺帝**から帝の位を譲られ、**朱雀帝**として即位する。**光源氏**にあこがれつつも、**光源氏**のようになれない自分にコンプレックスを感じている。**光源氏**のことは好きだが、気が弱く、母・**弘徽殿の女御**の言いなりになってしまうことも多い。

それでも一途に朧月夜を想う

婚約破棄のあとも、**朧月夜**が**光源氏**との関係を続けていたことがバレたときも、**朱雀帝**はずっと一途に**朧月夜**を愛し続けた。

ライバル一家の家長

右大臣

人物像

権力をふるい光源氏を追放

弘徽殿の女御と朧月夜の父。左大臣の婿である光源氏とはいわゆるライバル関係。朱雀帝が即位したあとは帝の祖父として権力をふるい、太政大臣にまでのぼりつめるも、光源氏が須磨にいる間に亡くなってしまう。ハデ好きで、意地悪な性格。

じつは娘に頭が上がらない!?

光源氏と朧月夜の関係を知ったとき、「光源氏を婿にしてはどうか」と言って弘徽殿の女御に怒られたりと、案外娘に弱い一面も！

登場する巻

「桐壺」から「明石」まで登場。「明石」で亡くなる。

左大臣

情にあつい光源氏の義理の父

人物像

頼もしい人格者 光源氏の味方

頭の中将、葵の上の父。婿・光源氏をかわいがっていて、桐壺帝からの信頼もあつい。娘・葵の上と光源氏の仲の悪さが悩み。桐壺帝が亡くなったあとは権力をにぎった右大臣家に押されるも、光源氏が京にもどってくると再び権力を取りもどす。

じつは右大臣とも親せき関係

頭の中将は右大臣の娘の四の君と結婚しているため、じつは右大臣家と左大臣家は親せき同士。でもライバル関係が長く続いた。

登場する巻

「桐壺」から「薄雲」までたびたび登場。「薄雲」で亡くなる。

優雅に見えて意外と多忙!?

平安貴族の行事と1日の暮らし

『源氏物語』でも宮中の儀式やお祭りの描写がたくさん出てくるけれど、平安時代には、それらが「仕事」と考えられていたよ。宮中で働く貴族たちは、1年をとおして行われる行事の準備や片づけなどで忙しい毎日を過ごしていたよ。

宮中で行われる1年の行事

月	行事	内容
一月	四方拝	元日の早朝に帝が東西南北の神さまに拝礼する。
	子日遊	初子の日に若菜を摘んだり小松を飾って長寿を祈る。
二月	祈年祭	その年の農作業をはじめる日に、豊作を神さまに祈る。
	涅槃会	2月15日にお釈迦さまに52種類のお供え物をする。
三月	曲水の宴	川に酒を入れた盃を流したり、詩・歌をよんだりする。
	花の宴	桜の花を見て楽しむイベント。音楽の演奏や和歌をよむ。
四月	更衣	4月1日に宮中の装飾品や衣装を夏仕様に切り替える。
	灌仏会	お釈迦さまの誕生会。「花祭り」として今も続く。
五月	賀茂の祭	賀茂神社のお祭り(葵祭)。行列を見る見物客が集まった。
	端午の節会	5月5日前後には長生きや健康を願う催し物が多い。
六月	大祓	1年の半分である6月の末には帝や宮中で働く男女のために大々的なおはらいが行われた。夏越の祓ともいう。
七月	乞巧奠	織姫と彦星に裁縫の上達を祈る。現在の七夕のもととなった。
	相撲節会	全国から集められた力士が帝の前で相撲をとる。
八月	観月の宴	8月15日の中秋の名月の日に開催された月見の宴。漢詩をよんだり、音楽の演奏会が行われる。
九月	重陽の節会	9月9日に行われた長寿や老化防止を願うイベント。
	司召の除目	役人の仕事や役職が命じられる日。今でいう人事異動。
十月	更衣	10月1日に宮中の装飾品や衣装を冬仕様に切り替える。
	亥の子	7種類の穀物を混ぜた餅を食べて健康や多産を願う。
十一月	新嘗祭	その年にとれた稲を神にささげて1年の収穫に感謝する。
	五節舞	雅楽に合わせ舞姫が踊る(女性が踊るのはこの舞だけ)。
十二月	御仏名	12月15日から3日間、仏さまに1年の罪を懺悔する。
	追儺	桃の弓で葦の矢を投げて、大きな音を立てて悪鬼を追いはらう。

宮中で働く男性の1日のスケジュール

貴族はとにかく早起き

貴族は夜明けとともに起床。なぜなら朝に、やることがとってもたくさんあったから。髪を整えたり爪を切ったりする身支度のほか、仏さまや神さまに祈りをささげたり、その日の運勢を占ったりと大忙し。朝ごはんは、お金持ちの貴族でもおかゆなどの質素なものが中心。

じつはブラック!? 残業あり!

夏は朝4時、冬は朝6時には出勤。働く時間は公式には3～4時間といわれているが、実際は仕事が終わらず残業をしたり、徹夜や夜勤もあったとか。**光源氏**くらい地位の高い貴族になると、遅く出勤してもOKだが、ほかの貴族との打ち合わせで結構忙しいことも多い。

夜は早めにおやすみなさい

宮中は行事が多いので、夜は宴に参加して和歌や漢詩をよんだり、楽器を演奏することも。また、夜になって人目が気にならなくなってから、恋人のもとに通うこともあった。特に予定がない日は早めに就寝。電気がないので、日暮れとともに眠るのが基本。

九帖

葵（あおい）

やっと実った愛と早すぎる別れ

光源氏22歳のころ妻の葵の上が懐妊します
身ごもったと聞きました！
ええ…ようやく
葵の上
ああ
やっと葵とも心が通じ合えたようだ…！

葵の上は光源氏も参加する賀茂の祭の行列を見物に行くことに
う〜ん ここからじゃ源氏の君のお姿が見られないな…
あそこの車にどいてもらおう
無礼な！この車は六条の御息所さまの車だぞ！
？

主な登場人物

光源氏
22〜23歳。

葵の上
26歳。光源氏との子を妊娠。

六条の御息所
29〜30歳。訪ねてこない光源氏をうらめしく思う。

若紫（紫の上）
14〜15歳。光源氏と結婚し妻になる。

六条の御息所…
源氏の君に今や相手にもされない過去の愛人か
こっちは
源氏の君の妻
葵の上さまの
お車だぞ！
どん
ああっ
わたしの
車が…
どうして…
どうして
このわたしが
こんな目に…！
…っ
六条の御息所
そうよ
最近源氏の君が
わたしのところに
来てくれないのも
全部あの
女のせい…
あの女が
憎い!!
葵…
がんばって…
もう少しで
生まれるよ
憎い
スゥ…

!!
……っ
か……っ
葵!?
あなたが…っ
わたしの魂を
つなぎとめていてくれ
ないのが悪いのです…!
ぐ……っ
くっ
この声は…
六条の御息所
さま!?
葵の上
…!
オギャー
オギャー
出産後、葵の上が亡くなり
喪が明けたのち
光源氏は久しぶりに
二条院に帰りました
お兄さま
おかえりなさい!
?
紫…
わたしと
結婚してくれ

関連図

あらすじ

車争いが生んだ悲劇の結末

朱雀が帝になったころ、**葵の上**が妊娠。妊娠をきっかけに、**光源氏**と**葵の上**の仲は深まりはじめます。

そんな中、賀茂の祭が開催され、行列に参加する**光源氏**を見るため、**葵の上**は見物に向かいました。しかし、賀茂の祭には光源氏の恋人・**六条の御息所**も来ていたのです。ふたりは運悪くはちあわせてしまい、**六条の御息所**の車は**葵の上**の車に追いやられボロボロになってしまいます。**六条の御息所**は深く傷つき、**葵の上**を憎むようになっていきました。

しばらくすると、**葵の上**はもののけにとりつかれて苦しむようになります。その正体は**六条の御息所**の生霊。**葵の上**に乗りうつった姿を見た**光源氏**はその事実におどろきます。

そして、**葵の上**は苦しみの中で息子・**夕霧**を産み、息を引き取りました。深く悲しんだ**光源氏**は、**葵の上**の喪が明けたあと、新たな妻に**六条の御息所**ではなく、**若紫（紫の上）**を選んだのでした。

もっとくわしく

生霊になっていることに気づいていた六条の御息所

六条の御息所は自分が正気を失っている間に、なぜか祈祷のときに使うケシの香りが服や髪にしみついていて、洗っても洗ってもその香りが落ちないことで、自分が生霊になったことに気がつき、絶望したそう。

プライドがズタズタに……

妻VS恋人の車争い

光源氏たちがお祭りの行列に参加すると聞いて、その姿を一目見ようとあえて質素な牛車に乗り、お忍びで見物に来た**六条の御息所**。するとあとから**光源氏**の妻・**葵の上**の車が登場。おたがいのおつきの者たちが、牛車をとめる場所をめぐってもみ合いになり、大騒ぎに。

ギリギリで行列を見に行くことを決めたため、遅れて到着した**葵の上**。満車の中、おつきの者が「源氏の君の奥さまの車だぞ!」と叫び、先に場所をとっていた車を強引にどかそうとして大モメに。

目立たないように質素な車で来ていたのに、**六条の御息所**の車は最終的に壊されて、お忍びで**光源氏**を見に来ていたことがバレてしまう。

激しい争いの末、いよいよ**光源氏**の行列が。妻である**葵の上**の車に向けて会釈をした**光源氏**を見て、ボロボロの**六条の御息所**はさらにみじめで悲しい気持ちになり、プライドがズタズタに……。

平安時代のよくあるもめごと

「車争い」とは、お祭りなど牛車がたくさん集まるシーンでたびたび起こった、場所取り合戦。当時は車の中から行列や出し物を見るスタイルで、よく見物ができる場所をめぐって、おつきの者たちが大乱闘をくり広げた。先に停まっていた身分が低い人の車を、あとから身分が高い人がむりやりどかそうとする騒動は、当時の「あるある」。主君には、暴力をふるいがちな家来たちをおさえる義務があった。

結婚してもパパ&ママと暮らす
平安貴族の結婚のかたち

今の社会では、結婚をすると夫婦ふたりだけでいっしょに暮らすのが一般的。両親といっしょに住む場合も、どちらかというと夫の家族と暮らす「嫁入り結婚」が多いが、平安時代は妻の家で結婚生活を送る「婿取り結婚」がスタンダードなスタイル。妻は自分の両親と暮らしながら、結婚生活を送っていたよ。

基本は夫が妻のもとに通う

妻は結婚後も実家に住み続け、夫は自分の家から妻のもとに通う。結婚前は夜に人目につかないように通っていたが、結婚後は昼間にどうどうと通うことができた。夫婦の生活は、妻の実家がサポートをする。もし夫婦仲が悪くなって離婚することになっても、妻の実家がお金持ちなら、妻は実家で不自由なく暮らすことができた。

同居をするケースもあった

通い婚の末、夫がそのまま妻の実家に住んだり、新しく新居を構えてふたりで同居することも。その場合でも、夫婦はそれぞれ自分の部屋を持って普段は別々に暮らした。いっしょに住んでいる家から夫婦のどちらかが出て行ったら離婚となった。当時は結婚をするのにも離婚をするのにも、書類や手続きの必要はなく、あいまいなものだった。

当時の結婚は「妻の実家が財力で夫の出世を後押しし、出世した夫は権力で妻の一族を守ったり位を与えたりする」という関係。妻の実家が貧しくて、夫の出世を後押しできないなら離婚して当然、と思われていたよ。

心の闇が生霊を呼ぶ!?

ブラック心理テスト

だれもが心の奥に意地悪な面や、闇をかくし持っているもの。
でも、知らない間に闇が大きくなると、生霊化のおそれあり!?
心理テストのアドバイスを生かして心の闇をはらっちゃおう！

Q1 お小遣いの残金がピンチだけど……。金欠でもあきらめたくない、あなたがどうしても欲しいものは次のうちどれ？

A 新商品のお菓子
B かわいいペンとノート
C 続きが気になるマンガ
D 流行のアクセサリー

Q2

あなたは突然YouTuberとしてデビューすることに。どんな配信者になる？

- A ゲームを元気に実況！ハイテンションなゲームプレイヤー
- B 奇跡の美声で視聴者を魅了！オリジナルソングを披露する歌い手
- C 紹介した商品は即完売！ファッションやメイクグッズのレビュアー
- D 仲のよさが人気の秘けつ！友達と企画に挑戦するエンタメ系配信者

Q3

今日は友達とおでかけ。カフェに入って休憩をすることに。あなたが注文したのは？

- A 「当店の一番人気！」と書かれたケーキ
- B 見た目がかわいくて写真に撮りたいケーキ
- C 食べたことがない珍しい材料を使ったケーキ
- D 友達が選んだケーキと同じケーキ

診断1

＼＼ わかるのは…… ／／

あなたの「プライドの高さ」！

A を選んだあなたは……

プライドの高さ
－50パーセント

人間的に魅力的な人だけど、周りにうまくアピールできないようす。自分のいやなところばかり目についてしまい、せっかく周りがほめてくれても「どうせわたしなんて」と思いがち。

アドバイス

自分の行動や発言に自信を持って、前向きに過ごそう！

B を選んだあなたは……

プライドの高さ
40パーセント

ちょうどよい程度のプライドの高さだけど、「みんなから認められたい」という希望が人一倍強いあなた。自分なりの価値観があやふやで周りの人の評価に左右されやすいみたい。

アドバイス

「わたし、がんばった！ えらい！」と、自分をほめる練習をしよう！

C を選んだあなたは……

プライドの高さ
70パーセント

普段は控えめなタイプだけど、自分の得意分野に関しては並々ならぬプライドを持っているみたい。負けたくない気持ちが強くなると臨戦態勢になってしまうので注意しよう！

アドバイス

どんなことでも、「学ぶ姿勢」を持つことを忘れずに！

D を選んだあなたは……

プライドの高さ
120パーセント

金欠状態でも、自分を輝かせるためのアイテムが欲しいというあなたのプライドの高さはエベレスト級。友達の何げない一言にも「バカにしないで！」と怒ってしまうことがあるかも。

アドバイス

「自分以外は敵！」という考えは改めて、おだやかに過ごして。

診断2

わかるのは……

あなたが感じてる「コンプレックス」

A 勉強にコンプレックスあり！

ずば抜けた集中力と根気の持ち主だけど、気分にムラがあり、苦手な教科の勉強になるとやる気が起こらず放置状態になることも。気楽に挑戦してみて。

B 才能にコンプレックスあり！

「特別な才能」にあこがれているあなた。たまたま興味を持ったことが思わぬ才能の開花につながることがありそう。まずは「好き」を探してみて♪

C 見た目にコンプレックスあり！

常に「もっとかわいくなりたい」と思っているおしゃれさん。でも、容姿に関する評判を気にしすぎているかも。外見だけでなく内面を磨くことも大切に。

D 性格にコンプレックスあり！

周りの反応に敏感で、「なんでこんなわたしといっしょにいてくれるんだろう」と不安になることも。自分へのダメ出しを今すぐやめて、その場を楽しもう！

診断3

わかるのは……

あなたの「わがまま度」！

A わがまま度 30パーセント

いつも「ほかの機会でいいや」と、周りの意見を優先して衝突を避けるタイプ。気をつかいすぎてつかれてしまわないよう、たまには自分の意見を言ってみて。

B わがまま度 90パーセント

どんなときでも「絶対に自分の思いどおりにしたい」というあなた。自分の意見を持っているのはステキなことだけど、周りの意見もきちんと聞くようにしてね。

C わがまま度 60パーセント

自分の意見を通したいときは、戦略を立てたり、理論的に考えてじっくり説得をするタイプ。自分も相手も納得できる、新たな道を見つけられるかも!?

D わがまま度 －10パーセント

あなたは、自分の意見がとっさに思いつかないタイプ。遠慮してると思われ、周りと距離が生まれてしまうことも。まずは自分の本当の気持ちを知ろう！

十帖

賢木（さかき）

父の死、そして初恋の終わり

光源氏の異母兄朱雀帝に天皇の位を譲ったあと

桐壺院※は病に倒れてしまいます

わたしが死んだあとは東宮のことを頼むぞ…

光はまだ若いが政治をまとめる能力がある

何かあったらあの子を頼りなさい

はい父上…！

朱雀帝

それからしばらくして桐壺院は息を引き取り

藤壺は東宮の冷泉とともに実家である三条に帰りました

主な登場人物

光源氏
23〜25歳。

藤壺
28〜30歳。桐壺帝が亡くなった1年後、出家する。

六条の御息所
30〜32歳。光源氏との関係を終わらせ、伊勢に引っ越す。

朧月夜
朱雀帝に尚侍として仕えるが、光源氏との関係は続いていて…。

※桐壺院：桐壺帝のこと。位を譲ったあとの帝は、「○○院」と呼ばれた。

これから
どうやって
生きていこう…
東宮さま
だけは守って
いかないと
カタ…
!
やはり
あなたのことが
忘れられない
のです…!
光る君…!
いけません!
世間に知られたら
東宮さまの身も
危うくなります
ここにはもう
来ないで
ください!
がーん
どうしたら
光る君を
あきらめさせる
ことが
できるかしら…
それから
一年後
桐壺院の一周忌で
藤壺は
出家することを
発表します
藤壺さま
どうして急に
出家など!
以前から
決めていた
ことです
あなたの想いを断ち切るには
こうするしかなかったのよ…

一方
弘徽殿の女御の妹である朧月夜は
朱雀帝に尚侍として仕えながらも
光源氏と手紙を送りあったりこっそりと会ったりしていました
朧月夜が実家の右大臣邸にもどっていたある日光源氏が訪れます
こんなところに来て大丈夫？
ここには父も姉もいるけれど
はぁ…
つらいことばかりでひとりでいるとまいってしまってね…
ダッダッダッ
すごい雨だったな大丈夫か？
ええ、大丈夫です
死んだふり
……
あなたは…!!
ん…？
ばん
右大臣

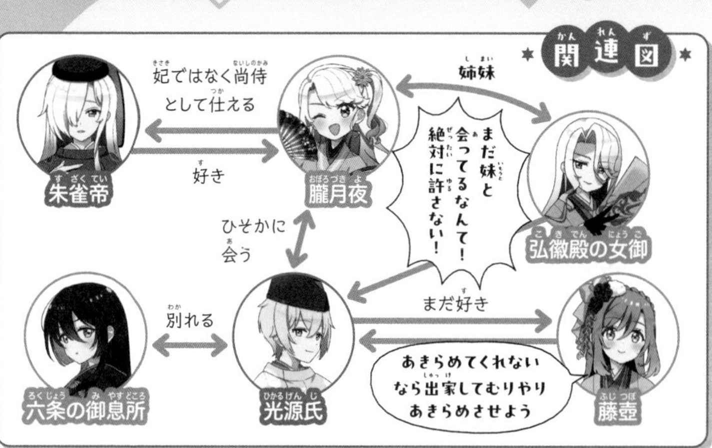

あらすじ

朧月夜との密会がバレ、怒りを買う

秋、**六条の御息所**は**光源氏**との関係を終わらせて、斎宮※になった娘とともに伊勢へ行くことを決めます。最後に仲直りしたいと思った**光源氏**は**六条の御息所**のもとを訪れ、ふたりは別れを惜しみました。

しばらくして、**桐壺院**が病に倒れ、**朱雀帝**には「自分が死んだあとも**光源氏**や**冷泉**のことを大切にしてほしい」、**光源氏**には「後ろ見として**冷泉**を守ってほしい」と遺言を残して亡くなります。その後、実家にもどった**藤壺**は、愛を伝えてくる**光源氏**を見て、「このままでは**冷泉**が**光源氏**の子だと疑われるかも」と危機を感じ、出家することを決めます。

一方、尚侍として**朱雀帝**に仕えはじめた**朧月夜**でしたが、ひそかに**光源氏**との恋人関係も続いていました。しかし、**朧月夜**が実家にもどっていたある夜、**光源氏**と会っているところを父・**右大臣**に目撃されてしまい、関係が明らかに。**弘徽殿の女御**は怒りに肩をふるわせるのでした。

もっとくわしく

「後ろ見」ってなに？

当時、高い地位につくには父親や母親などの後ろ盾が必要だった。その後ろ盾になってくれる人のことを「後ろ見」という。後ろ盾になるだけでなく、仕事や生活を支える重要な存在だった。

※斎宮：伊勢神宮の神に仕えるために選ばれた皇族の女性のこと。（P.101）

仏さまを信仰する人が多かった
平安時代の「出家」と「死」の事情

「出家」とは、俗世間を捨てて、仏教の修行に入ること。年をとって死を意識すると出家をする人が多かった。実際にお寺で生活をするパターンと、お寺には入らずに家族とふつうの生活を続けるパターンがあったよ。

女性の出家スタイル

貴族の女性が「出家をする」ということは、結婚や恋人である男性との関係を一切断ち切るという意思表示。**藤壺**が出家を決意したのも**光源氏**との関係を終わらせるためだった。そのほかの理由として、老いや病気、親しい人が亡くなったことをきっかけに出家する人もいた。

髪の毛は背中のあたりで切りそろえる。「尼削ぎ」といわれた。女性もツルツルにそるのは、もう少しあとの時代。

青鈍色（緑色が入った深い灰色）の袿を着て、その上から袈裟という長方形の布をかける。

『源氏物語』の中で出家した女性と主な出家の理由

男女関係のいざこざから逃れるため。
不倫の罪を犯したため。

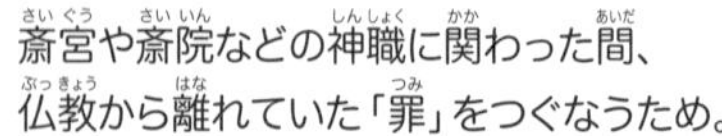

斎宮や斎院などの神職に関わった間、
仏教から離れていた「罪」をつぐなうため。

夫が亡くなった、または出家したあと、
自分や家族の来世の幸せを祈るため。

寿命が短かった平安時代

現在よりも栄養がとりづらく、病気やケガの治療も十分ではなかった平安時代。40歳からが「老年」で、仕事を辞めたり、引退をするひとつの目安となった。そのため、40歳の誕生日のお祝いは「四十の賀」と呼ばれ、長寿や今後の健康を祈って盛大に行われた。その後も10年ごとに、五十の賀、六十の賀(還暦)を開催した。

『源氏物語』の登場人物の寿命

人物	享年
夕顔	19歳
葵の上	26歳
六条の御息所	36歳
藤壺	37歳
紫の上	43歳
光源氏	不明(50歳は過ぎている)

死の間際は仏さまとつながる

臨終のときが近づくと、信仰にすがった。阿弥陀如来(仏さま)の銅像や絵の手と、自分の手を青、黄色、赤、白、黒の5色の紐でつなぐ人も。こうすることで、極楽浄土に生まれ変われるといわれていた。死ぬ人も、看取る人も「死ぬことは終わりではなく、来世に行くこと」と信じていた。

極楽に行けない人は地獄へ

現世で悪さをしていた人は、死後、その報いを受けて地獄に落ちるとされていた。地獄は、8つの階層に分かれていて、それぞれ門があり、罪の重さによって行き先が分かれる。

地獄ランク	罪	罰
1	殺生	体を割かれて骨を砕かれる
2	盗み	のこぎりで切られる
3	淫らな行為	巨像に押しつぶされる
4	酒を飲む	熱した銅を飲まされる
5	ウソ	ランク4の10倍の苦痛
6	仏教を無視	鉄板の上で焼かれる
7	尼を汚す	ランク1〜6の10倍の苦痛
8	大罪	地獄の中で一番の苦しみ

十一帖 外伝

花散里（はなちるさと）

つかれた心をいやすのは、変わらぬ愛情

あの家は昔恋人だった女性の…

花散里の部屋に行こう…

いや今はもう新しい男がいるようだな…

パタ パタ

おかえりなさい

?

ここにくると心から安らげるよ

あらすじ

嵐の前の静けさ 昔の思い出にひたる

光源氏は亡くなった**桐壺院**を懐かしみ、**桐壺院**の妃のひとりだった**麗景殿の女御**の屋敷を訪ねます。**麗景殿の女御**の妹・**花散里**は、**光源氏**のかつての恋人でもありました。

花散里のもとへ向かう道の途中、**光源氏**はある小さな家に見覚えがあることに気がつきます。以前訪れたことのある昔の恋人の家だと思い出した**光源氏**は、恋人あてに和歌を送りました。しかし、返ってきたのはそっけない返事で、**光源氏**はがっかりしてしまいます。

そんなそっけない返事とは対照的に、**麗景殿の女御**は温かく迎え入れてくれました。**光源氏**は、**桐壺院**の時代を思い出しながら、**麗景殿の女御**と和歌をよみかわします。そのあと、**花散里**の部屋を訪れ、昔を懐かしみながら、どんなに世の中が変わっても、自分を優しく迎え入れてくれる**花散里**のあたたかさに、心いやされるのでした。

主な登場人物

光源氏
25歳。

花散里
光源氏のかつての恋人。久々の再会でも変わらない愛情にいやされる。

麗景殿の女御
花散里の姉。**桐壺院**の妃のひとり。

包容力はピカ一 いやし系の良妻賢母

登場する巻

「花散里」から「幻」までたびたび登場。

家族構成

〈姉〉麗景殿の女御
〈夫〉光源氏

人物像

愛情深く温かい等身大の女性

どんなときもおだやかに、心変わりせず**光源氏**を受け入れる優しき女性。**光源氏**も、**花散里**の性格のよさにひかれ、**光源氏**の大豪邸・六条院完成後は夏の町に住まわせ、**紫の上**に次ぐ妻として大切に面倒を見た。**光源氏**とは恋愛関係というよりは、信頼関係で結ばれていて、**夕霧**の母代わりも任されていた。

嫉妬もせず光源氏を支え続けた

一番に愛されなくてもいいから、自分なりに**光源氏**を支えたいという健気な思いから、嫉妬心を表に出すことはしなかった。

あなたは

どの姫タイプで恋に落ちる？

あなたの恋愛への向き合い方は『源氏物語』に登場するどのお姫さまに似ているかを徹底診断！　恋に落ちたときの自分のようすもわかっちゃうよ♡

←A　←B

START！

あなたは普段、スカートとパンツどちらが多い？
A スカートスタイル
B パンツスタイル

ファッション小物ではどちらにお金をかける？
A バッグ
B 靴

ダイエットをするときは？
A お菓子をがまんする
B 運動をたくさんする

大人になったらどっちの髪型にしたい？
A まっすぐストレート
B くるくるパーマ

アクセサリーを買うなら次のうちどっち？
A イヤリング
B ネックレス

1つだけ願いがかなうならどっち？
A 美しい声を手に入れたい
B 抜群の運動神経を手に入れたい

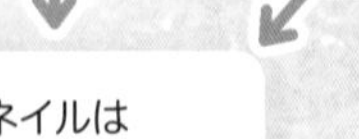

自分の目の特徴はどっちだと思う？
A たれ目気味
B つり目気味

お風呂に入ったらどっちに時間をかける？
A ボディケア
B 洗顔

ネイルはどっちが好み？
A アートたっぷりネイル
B 落ち着いたシンプルネイル

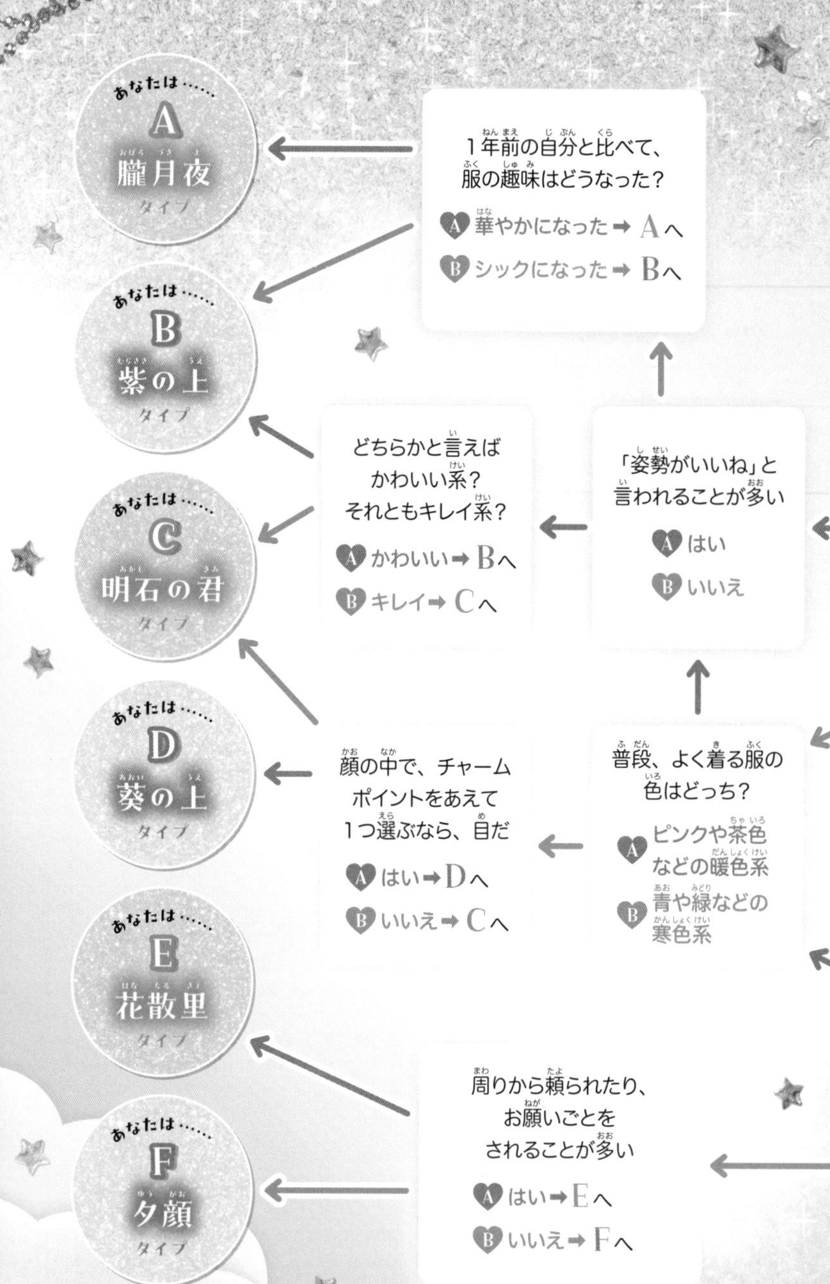

あなたは……
A
朧月夜
タイプ
あなたは……
B
紫の上
タイプ
あなたは……
C
明石の君
タイプ
あなたは……
D
葵の上
タイプ
あなたは……
E
花散里
タイプ
あなたは……
F
夕顔
タイプ
1年前の自分と比べて、
服の趣味はどうなった?
A 華やかになった➡Aへ
B シックになった➡Bへ
どちらかと言えば
かわいい系?
それともキレイ系?
A かわいい➡Bへ
B キレイ➡Cへ
「姿勢がいいね」と
言われることが多い
A はい
B いいえ
顔の中で、チャーム
ポイントをあえて
1つ選ぶなら、目だ
A はい➡Dへ
B いいえ➡Cへ
普段、よく着る服の
色はどっち?
A ピンクや茶色
などの暖色系
B 青や緑などの
寒色系
周りから頼られたり、
お願いごとを
されることが多い
A はい➡Eへ
B いいえ➡Fへ

A 朧月夜タイプ

女性はひざ立ちで歩くのがふつうだった時代に、立って歩いていた朧月夜のように、明るく自由奔放なあなた。強引なカレと恋に落ちることもあるけれど、最終的には優しくおだやかな人にひかれちゃうかも。恋愛からきちんと「愛」を学べる人。

情熱的で自分に正直

好きになったら何よりもカレのことを優先するあなた。でも、その性格が裏目に出て、周りが見えなくなることも……。一歩引いて冷静になることで「今どう行動すると恋が実るか」を、見抜けるはず！

るんる～ん♪ あなたもいっしょに歌おうよ！
朧月夜の晩に歌っている姿を見られたのが恋のきっかけ♡

B 紫の上タイプ

多くの人に慕われていた紫の上のように、だれにでも優しく、こまやかな心遣いができるあなた。いろんな人にモテるというより、特定の人から猛アタックされるタイプ。一度つき合ったら、ほかの人に目移りせず、一生添い遂げる覚悟が生まれるみたい♡

カレの恋人兼親友に

相手を愛情深く許せる人。ラブラブで過ごしたり、深刻な相談に乗ったり、あらゆる側面でカレを支えて愛を育んでいくよ。その分ひそかに嫉妬心を燃やしてしまうことも。

わたし、あなたとず～っといっしょにいたいな！
小さいときから源氏の君ひとすじ！

明石の君のように、控えめなのに、気高く、目を引く華やかさを持ち合わせているあなた。だれもが目で追ってしまうモテガールなのに、告白されてもどこか消極的。自分から好きになることは少ないけれど、恋愛運が強く、幸せになれるタイプ。

おだやかな愛で共に歩む

「本当にわたしのことが好きなんだ」と相手の気持ちを信頼することができると、自分からも心を開くよ。静かに相手に寄りそって支えるタイプで、ライバルがいても、攻撃することはない気高き人だよ。

葵の上のようにしっかりしていて、勉強も音楽も得意なあなた。みんなのあこがれの的でかくれファンも多いのに、「仲よくなりたいけど、すごすぎて近寄りがたい」と、少し話しかけづらいようす。素直な気持ちを伝えることで、気になるカレとも打ち解けられるよ♡

周りが気になって素直になれない

友達や家族の目が気になって、好きなのにそっけない素振りをしてしまうこともしばしば。「好き」がわからず思い悩むこともあり、恋に自信がないようす。素直になって！

E 花散里タイプ

落ち着いていて、だれにでも優しいあなた。花散里が光源氏から頼りにされていたように、あこがれの人から「いっしょにいると安らげる」と、選ばれるタイプ。友達からの信頼もあつく、周りから「ステキな恋ができてよかったね」と祝福されるよ。

恋をすると
苦しくなる恋はしたくない

自分を客観視できているので、恋愛にのめり込んだり、依存することは少ないよ。しかも、カレの「かわいいね」「好きだよ」という言葉を素直に受け入れられるから、自分も相手も常にハッピーモード♪

あなたがそばにいてくれるだけで毎日すごく幸せな気分だよ！

思いやりの気持ちが愛につながるの♡

F 夕顔タイプ

自ら和歌を送った夕顔のように、恋に積極的な面もあるあなた。そんなあなたの武器は、底知れぬ素直さとまっすぐさ。自然体でのんびりした雰囲気とピュアさに、「いやされる」「守ってあげたい」と思ってアタックする人が続出。

恋をすると 告白されると好きになる

だれもが認める「両思い」関係でも、恋のライバルが出現すると、身を引いてしまうタイプ。ただ、いつもモテガールなので、別のカレから「好き」と言われることも。すると、気持ちが移ってしまう可能性大！

やぁ、あなたが話しかけてくれて本当に、うれしい!!
勇気を出して自分から話しかけると恋がはじまるかも♪

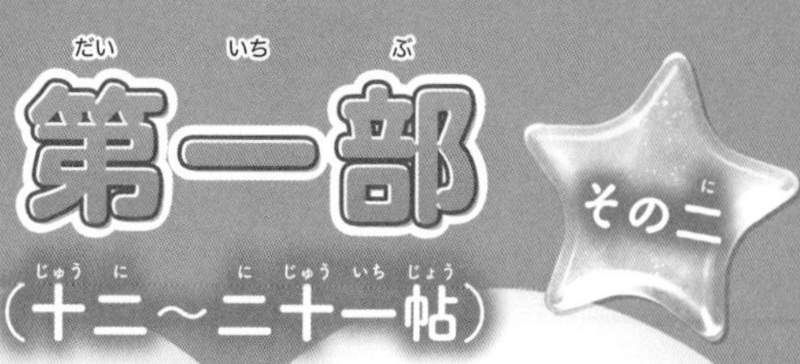

第一部 その二

（十二〜二十一帖）

どん底から大逆転の物語

朱雀帝と結婚予定だった朧月夜と恋に落ちたがために、
京の都を去ることになった光源氏。
人生のどん底を経験した光源氏が新しい恋をしながら、
再び京へもどり、権力を取りもどしていくまでを描いたお話だよ♪

26歳〜35歳

相関図

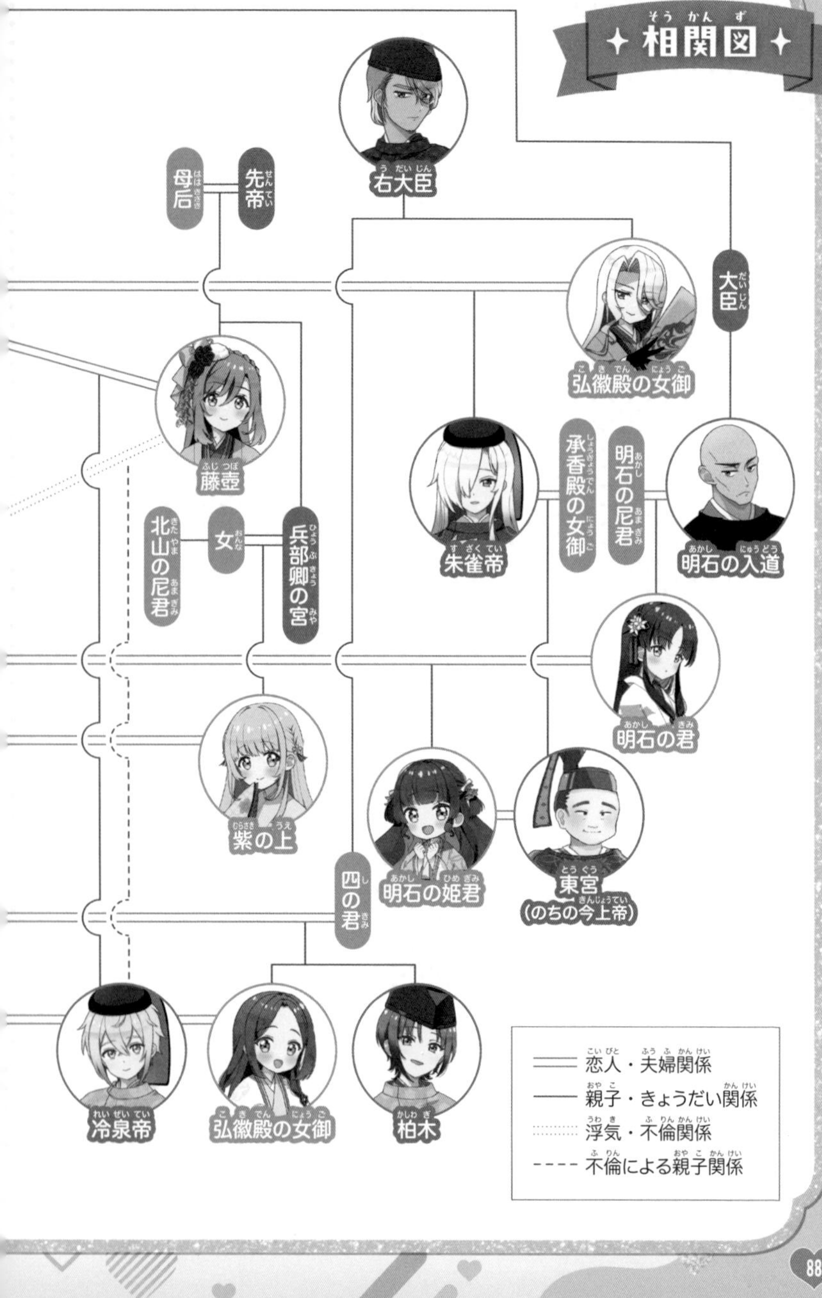

右大臣
先帝
母后
大臣
弘徽殿の女御
藤壺
朱雀帝
承香殿の女御
明石の尼君
明石の入道
北山の尼君
女
兵部卿の宮
明石の君
紫の上
明石の姫君
東宮
（のちの今上帝）
四の君
冷泉帝
弘徽殿の女御
柏木

恋人・夫婦関係
親子・きょうだい関係
浮気・不倫関係
不倫による親子関係

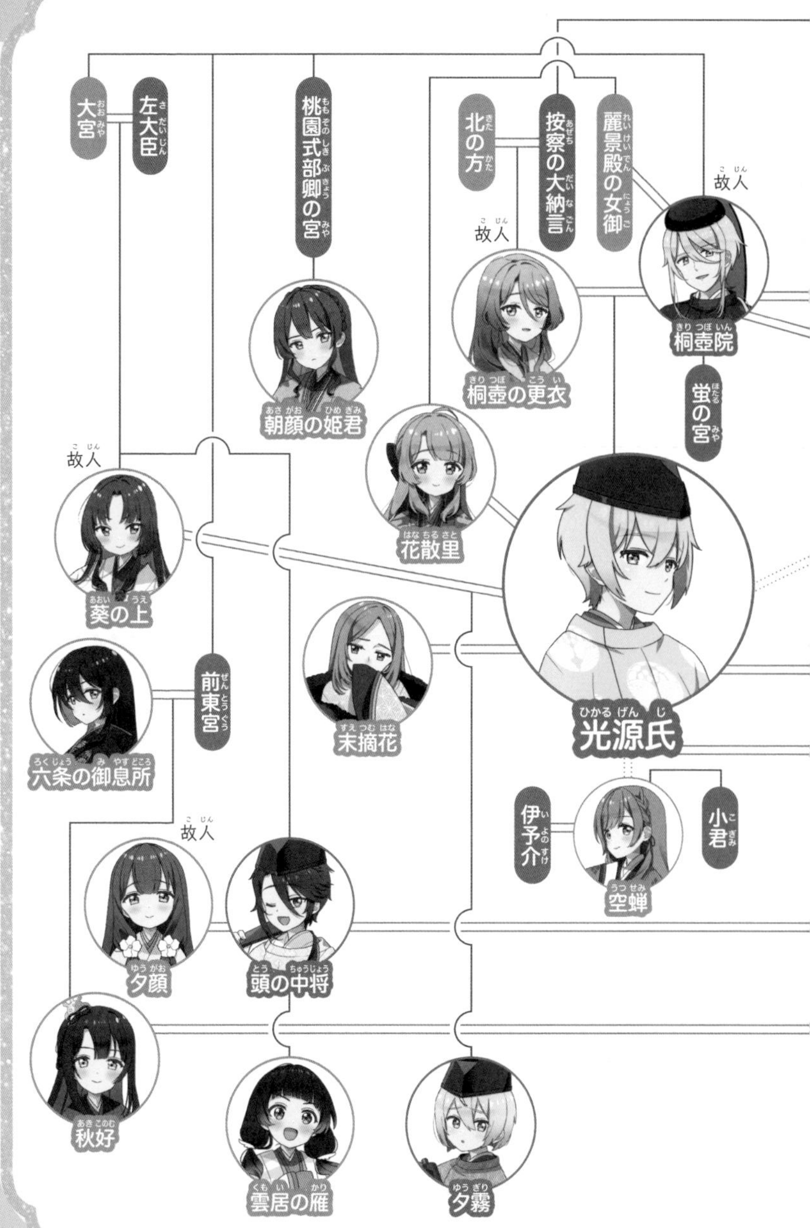
大宮
左大臣
桃園式部卿の宮
北の方
按察の大納言
麗景殿の女御
故人
故人
桐壺院
蛍の宮
桐壺の更衣
朝顔の姫君
花散里
故人
葵の上
光源氏
末摘花
前東宮
六条の御息所
伊予介
小君
空蝉
故人
夕顔
頭の中将
秋好
雲居の雁
夕霧

十二帖

須磨（すま）

光源氏、人生はじめての苦難

光源氏と朧月夜の密会を知った弘徽殿の女御は

光源氏が謀反を企てているといううわさを流し

光源氏を失脚させようと考えます

光源氏は罪に問われる前に京の都を離れ須磨に移り住むことに

そんな…！

どうしてあなたがこんな目に！

どうかわたしも連れて行ってください…！

ひどい旅路になるかもしれないし

連れて行けないよ

でもいつまでも京に帰れなかったら呼び寄せるから

どうか…どうかご無事で…！

わかりました…

それまでこの家をお守りします

主な登場人物

光源氏
26～27歳。

紫の上
18～19歳。光源氏との別れを悲しむ。

頭の中将
須磨に移り住んだ光源氏を訪ねる。

あらすじ

親しい人に別れを告げ、京を立つ

朧月夜との関係が終わっていなかったことに大激怒した**弘徽殿の女御**は、**光源氏**に無実の罪を着せて地位をうばおうと考えます。危機を感じた**光源氏**は京の都を離れ、須磨に移り住むことを決意。**桐壺院**の墓参りや、**夕霧**、**藤壺**、恋人たちへのあいさつをすませたあと、**紫の上**に留守を任せて、須磨へと旅立ちました。

一方、須磨に近い明石に住む**明石の入道**は、**光源氏**が須磨に移り住んだことを聞き、娘・**明石の君**を**光源氏**と結婚させようと目論みます。

次の年、**頭の中将**が「**弘徽殿の女御**に目をつけられてもかまわない」と、**光源氏**をはげましにやってきました。さみしい須磨での暮らしをつらく思っていた**光源氏**は喜び、ふたりは懐かしいひとときを過ごします。

そんなある日、**光源氏**のいる須磨をとつぜんの嵐がおそいます。嵐はなかなかおさまらず、悪夢まで見る始末。**光源氏**の心には、須磨を離れたい思いがつのるのでした。

もっとくわしく

どうして無実なのに京を離れたの？

無実でも、**弘徽殿の女御**に勝手に罪をつくられて「流罪※」になる可能性があった。そうなると、もう二度と今までのような暮らしはできないので、自ら須磨で貧しい生活を送り、謀反などしないと示そうとした。

※流罪：都から遠く離れた田舎に追放される刑。

十三帖

明石（あかし）

お告げが導いた運命の出会い

激しい嵐が続くある日のこと

須磨の光源氏のもとへ明石の入道が訪れます

じつは不思議な夢のお導きでここへきたのです

これも何かの縁でしょう

明石の入道

わたくしどもが暮らしている明石の屋敷においでください

光源氏は須磨から明石へと移り住みます

ここは須磨よりもずいぶんと美しく過ごしやすいところですね…

ときに娘がわたしよりも琴をうまく弾くのです

ぜひ一度会ってみてはいただけませんか？

主な登場人物

光源氏
27～28歳。

明石の君
18～19歳。明石の入道の娘。光源氏と結婚する。

明石の入道
明石に住む僧。

お父さまはなんて勝手なの
源氏の君なんてあまりに身分が違いすぎる！
ひとりごと
明石の君
琴がお上手だとうかがいましたぜひ聞かせていただけませんか？
…
落ちぶれたわたしなんかとは話したくないですか…？
ちがいます…！
あなたはいずれ京都に帰ってしまうお方！
どうせ捨てられるなら愛されたくないのです
捨てません！
わたしがあなたを幸せにしてみせます
しばらくして明石の君は懐妊します
のちに生まれる女の子明石の姫君は今後光源氏の運命の物語に大きく関わっていくのです

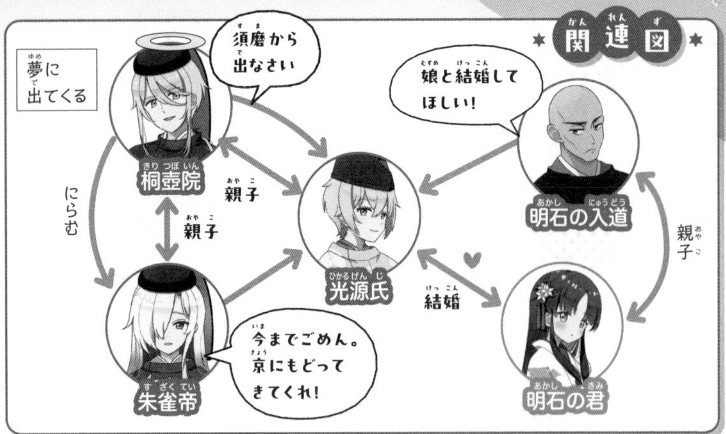

あらすじ 明石での結婚、そして京へ

ある日、**光源氏**の夢に亡くなった**桐壺院**が現れ、「住吉の神の導くままに須磨を立ち去りなさい」と告げ、次の日には、**明石の入道**が**光源氏**を迎えに訪ねてきました。運命の導きだと感じた**光源氏**は、明石に移り住むことに。

明石につくと、**明石の入道**はさっそく娘・**明石の君**との結婚をすすめ、**光源氏**もその願いを受け入れます。**明石の君**は最初、「自分じゃつりあわない」という思いから結婚に乗り気ではありませんでしたが、次第に**光源氏**にひかれていくのでした。

一方、京では**右大臣**が亡くなり、**朱雀帝**は目の病気にかかり、**弘徽殿の女御**は体調不良におそわれていました。**朱雀帝**は、悪いことが続くのは**桐壺院**の遺言にそむいて**光源氏**を京から追い出したからだと思い、**光源氏**を京に呼びもどすことに決めます。**光源氏**は、自分の子を妊娠していた**明石の君**に必ず迎えに来ると約束して、京へもどっていくのでした。

もっとくわしく

光源氏の夢から朱雀帝の夢へと移動した桐壺院

桐壺院は、**光源氏**の夢に出たあと、「**朱雀帝**にも言うことがあるから京に行く」と言い残し、**朱雀帝**の夢に移動。**朱雀帝**は**桐壺院**ににらまれる夢を見てから、目の病気に悩まされるようになってしまった！

明石の君

身分の差に悩むも
幸せを手に入れる

登場する巻
「明石」から「幻」まで登場。

家族構成
〈父〉明石の入道　〈母〉明石の尼君
〈夫〉光源氏　〈娘〉明石の姫君

人物像

物事をしっかりと考える気高い女性

明石の入道の娘で**光源氏**の妻。まじめでがまん強く、控えめな女性。身分が低い自分では**光源氏**とつりあわないと結婚をためらったり、娘が生まれたあとは身分の低い自分のもとではしっかりとした姫に育てられないという思いから、**紫の上**にあずけたりと、物事を客観的に見ることができるかしこさの持ち主。

六条の御息所と似ている!?

光源氏は**明石の君**をはじめて見たとき、「すらりと背が高く気高くて、**六条の御息所**に似た感じがある」と語っている。

光源氏に娘を猛アピール

明石の入道

人物像

変わり者でがんこでも娘思いの父

明石の君の父。大臣の息子という高い身分だったが、その地位を捨て播磨の国（現在の兵庫県）の受領※となったあと、出家をして明石の浦で暮らす。娘・**明石の君**には、高貴な貴族と結婚してほしいという思いから、高い教養を身につけさせた。

登場する巻

「須磨」から「若菜下」まで登場。

じつは光源氏の母といとこ同士！

明石の入道の父は、**桐壺の更衣**の父と兄弟。そのため、**明石の入道**と**桐壺の更衣**はいとこ、**明石の君**と**光源氏**ははとこの関係になる。

※受領：地方を治める役人のこと。

平安こぼれ話

光源氏たちに信仰される「住吉大社」の神

住吉大社は古くからある日本の神社のひとつ。**明石の入道**は住吉の神を信仰していて、**明石の君**も住吉大社に年に2回お参りに行っていた。**光源氏**も、明石から京にもどれたときや、**明石の姫君**の子が東宮になったときに、お礼参りに訪れた。

住吉大社は、海の上の安全を守ったり、和歌や農業、商売繁盛の神さまとして昔から皇族や貴族たちに信仰されてきたよ。

言い換えれば「追放」だった!?
都から近い流刑地、須磨へ

朱雀帝が愛していた**朧月夜**との密会が知れわたり、これをきっかけに**弘徽殿の女御**から「帝に逆らおうとしている」と無実の罪を着せられそうになった**光源氏**。自ら須磨で謹慎生活をはじめるが、周りからは「流罪」と思われていたよ。

軽い罪で送られる場所「須磨」

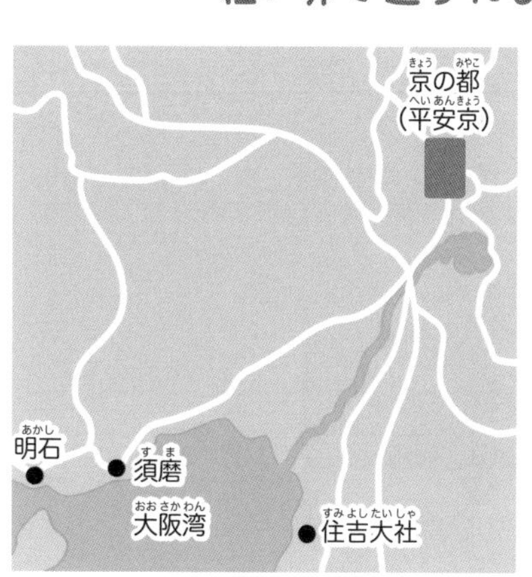

光源氏がたどり着いた須磨は、当時「摂津の国」と呼ばれて、京都に住む帝の命令がギリギリ直接届く統治圏内だった。現在も兵庫県須磨区として、同じ名前で街が残っている。都である平安京から2～3日で到着する距離で、当時は軽い政治的な罪をおかした人が送られる場所とされていた。

光源氏

須磨は都とは違って風が強く、海の波が寝室まで打ち寄せて心細いな……（月はキレイだけど）。

明石の入道

神さまのお告げで、迎えにきました。よかったらいっしょに我々の住む明石に来てください。

須磨と明石は別の国

光源氏が須磨に住んでいると聞きつけた**明石の入道**は、神の導きのもと、**光源氏**を明石に連れていく。明石は須磨のある摂津とは別の播磨の国。とても近いけれど、播磨は帝の命令が直接届く範囲の外にあり、大国として栄えていた。特に明石はたくさんの船が行きかう、経済活動が盛んな場所として有名だった。

十四帖

澪標（みおつくし）

光源氏が勢力を取りもどす

右大臣が亡くなり
弘徽殿の女御が体調をくずしたのをチャンスに

朱雀帝は光源氏を京に呼びもどしました

母に強く言えず父上の遺言に背いてそなたを京から追い出してしまったことを

ずっと後悔していたんだ

病気は治ったがわたしの命も長いように思えん

東宮が元服したら位を譲ろうと思う

譲位だなんてそんな！

そなたがもどってきたら伝えようと

ずっと前から考えていたのだ

帝…

主な登場人物

光源氏
28～29歳。

冷泉帝
10～11歳。
新しい帝になる。

明石の君
19～20歳。
女の子を出産。

六条の御息所
35～36歳。
京で亡くなる。

秋好
19～20歳。
六条の御息所の娘。光源氏の養女になる。

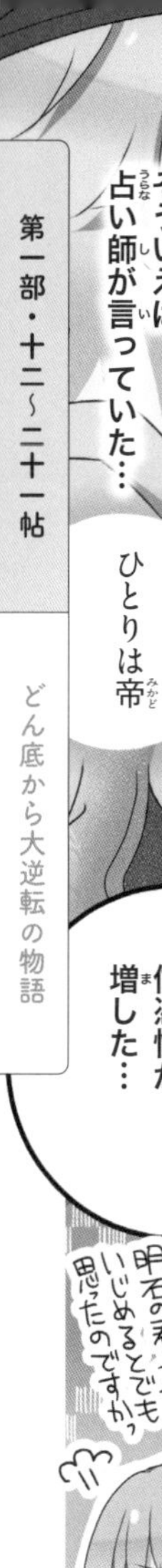

東宮・冷泉の元服後
朱雀帝から譲位
が行われ

11歳の冷泉が
天皇に即位します

冷泉帝

そういえば
占い師が言っていた…

あなたさまに
御子は3人

ひとりは帝

ひとりは
中宮

ひとりは
太政大臣に
なるでしょう

半信半疑
だったが
冷泉の即位で
信憑性が
増した…

明石の君からも
「女の子が生まれた」
という知らせが届いた

その姫君が
のちに中宮と
なる娘…？

ならば早いうちに
京に呼び寄せて
姫としての教育を
したほうがいいな…

それにはまず
娘が生まれたことを
紫に話さないと
いけないな

なんで話して
くれなかったん
ですか、
わたしが
明石の君や姫君を
いじめるとでも
思ったのですか

※想像

他の人から
聞いたら
きっと余計に
悲しむだろ
うし…

そんなとき
わたしが死んだあとのこる娘のことだけが気がかりです…
かつての恋人六条の御息所が重い病気をわずらったという知らせが入ります
どうか娘のことをお願いします…
もちろんですわたしに任せてください…！
でも娘にはぜったいに手を出さないでくださいね
ゴゴゴ
わたしみたいな思いをさせたくないので
六条の御息所が亡くなると光源氏は彼女の娘を養女に迎え
冷泉帝の女御として入内させます
養女ではあるが娘を冷泉帝の女御にすることで
わたしの後ろ見としての力がより強くなるはずだ
不遇の時代を経て京へ舞いもどった光源氏は
栄光への一歩を踏み出したのです

あらすじ

秘密の息子の即位 かつての恋人との別れ

光源氏が京にもどった次の年の2月、**朱雀帝**は東宮の**冷泉**に位を譲り、新しい帝・**冷泉帝**が誕生します。**光源氏**は内大臣に昇進し、権力は完全に**右大臣**家の派閥から**光源氏**の派閥（**左大臣**家含む）に移りました。

そんな中、**明石の君**が女の子（**明石の姫君**）を出産。**光源氏**はかつて告げられた予言（P.49）を思い出し、この子こそが将来中宮になる娘だろうと確信するのでした。

秋、京へ無事に帰ることができたお礼に、**光源氏**はおともの者たちを連れて住吉大社に参拝します。同じタイミングで住吉大社にお参りに来ていた**明石の君**は、ぐうぜん**光源氏**の一行を目撃。その華やかさに身分の違いを痛いほど感じ、連絡をとるどころか、かくれてしまいました。

一方、**六条の御息所**も斎宮の仕事を終えた娘とともに帰京。しかし、病気がちになり出家し、その後、娘・**秋好**を**光源氏**にたくして亡くなります。**光源氏**は、**秋好**を**冷泉帝**の妃にしようと考えるのでした。

もっとくわしく

「斎宮」っていったい何?

伊勢神宮に仕える独身の皇族女性のこと。帝が変わると斎宮も交代となる。賀茂神社に仕える独身の皇族女性は「斎院」(P.126)という。帝の代理で神に奉仕する重要な神職。

振り回される平安貴族たち
占いや夢のお告げは絶対だった

占いがとても身近だった平安時代。幼い**光源氏**が「帝になると国が乱れ世の民も苦しむことになる」と占われるシーンや、**明石の入道**が「明石一族から帝が誕生する夢を見る」シーンなど、『源氏物語』でもたびたび占いが登場するよ。

夢告げ（夢占い）

平安貴族たちはおみくじを引くような感覚で、夢の内容に一喜一憂していた。相談する相手が悪いと、せっかくよい夢を見ても台無しになることがあるため、「夢解き」という、夢の内容を解読するプロを頼る貴族も多かった。

好きな人の夢

今では、「自分の無意識により、気になっている人が夢に出てきている」と考えるのがふつう。でも、平安時代は「相手の思いが強すぎると、好きな人の夢にまで登場してしまう」と考えられていた。

亡くなった人の夢

「夢枕に立つ」という言葉があるように、亡くなった人が夢に出てきてお告げをすると、それに従うという風習があった。**光源氏**は、須磨にいるときに**桐壺院**の夢を見て、明石に移ることを決めた。

猫の夢

猫の夢を見ると、妊娠の予兆といわれていた。『源氏物語』では、**女三の宮**が妊娠をしたときに、**柏木**が猫の夢を見ている。

「人に話すと願いがかなわなくなる」といわれていたので、夢解き以外には話さない。

悪いことが起こらないよう、お坊さんにお経をよんでもらったり、家にこもったりした。

仏さまの夢

縁起がよいとされる仏さまの夢を見る人も多かった。おそらく写経をしたり拝んだり、仏教が身近に存在したからだと思われる。

宿曜道

宿曜とは星のことで、星の配置で人の運命や、その年に起こる出来事を占う方法。今でいう「星占い」「ホロスコープ」のようなもの。宿曜を行うには天文学の知識が必要で、宿曜師のほか、宮廷に仕える陰陽師が主に行っていた。

易占

中国の「易経」をもとにした占い。筮竹という50本の細い棒をジャラジャラとふり、引いたマークから答えを導き出す。特に、「どうしたらいいか決められない」など、具体的な行動に悩んだときにこの占いに頼ったといわれている。

＼まだまだある！ 平安時代の占い／

亀の甲羅占い
こちらも中国から伝わった占い。亀の甲羅にどんな形のひびが入るかによって、国のこの先の吉凶を占った。日本では奈良時代から行われている。

観相
外見や顔のパーツやほくろ、骨格を見て運命を占う。古代中国から伝わったとされていて、日本では独自に「倭相」という占いに発展していった。

夕占
夕方に道端に立って米をまいて呪文を唱え、たまたまその場を通りがかった人にコメントをもらって吉凶を占う……という、ちょっとはた迷惑な占い。

平安時代に大流行

夢占いをためしてみよう！

意外な人が出てきたり、思いがけない出来事が巻き起こる、夢。
あなたの夢にかくされた「お告げ」は何なのか、平安貴族のように占っちゃおう！

あなたの今の「心理状態」を表す夢

悪魔の夢

深層心理で、危険な好奇心が高まっているのかも。夢の中で悪魔と仲よくしていたら「危ない誘惑には近づかないように」という警告。悪魔と戦って勝てれば、誘惑を断ち切れるよ。

着替える夢

夢の中で着替えていたら「新しい自分に生まれ変わりたい」という願いを映し出しているよ。あなた以外の人が着替えていたら「もっと友達が増えるといいな」と思っているのかも。

普段着からおしゃれな服に着替えていたら、ラッキーなことが起こる予兆！

公園の夢

公園は安らぎの象徴で、心がつかれているときに見やすい夢。人が少ない公園は「さみしい」と感じていて、逆に人が多い公園は、人間関係でストレスを感じているサインだよ。

運気アップのお告げの夢

魚釣りをする夢

魚を捕まえる夢は思いがけないラッキーな出来事が起こる暗示。大きな魚がたくさん釣れたら、幸運度がアップする予兆。突然の臨時収入や思わぬ告白に期待しちゃおう！

買い物の夢

欲しいものを買って大喜びする夢は、願いごとがかなう予兆。デパートでたくさん買い物をしていたら恋愛運上昇のサインだよ。ただし、買うのを迷っていたら幸運を逃す可能性が……。

運気ダウンのお告げの夢

フクロウの夢

白や金色のフクロウは縁起がいいとされているけど、たくさんのフクロウが1羽だけになったり、黒いフクロウが鳴いている夢は悪い知らせの前触れかも。

肌荒れの夢

日焼けをしてしまったり、肌荒れをした夢は運気ダウンのサイン。特に、人間関係のいざこざを予言しているよ。この夢を見たら、心が荒んでいるのかも……。今すぐ休息をとって！

十五帖 外伝

蓬生（よもぎう）

貧しい暮らしを送る恋人におどろく

あらすじ

末摘花とのひさしぶりの再会

光源氏が須磨に移ったことで、頼る人を失った**末摘花**の家は、どんどん貧乏になっていきました。庭は荒れ果て、仕えていた女房もやめてしまい、屋敷や家具を売る寸前まで追い込まれ、意地悪なおばには召使いとして連れていかれそうになる始末。ですが、**末摘花**は「父の遺した家や家具を手放したくない」と主張し、召使いになることも拒み、宮家の名誉を守り続けました。

そうこうするうちに、**光源氏**が京に帰ってきます。しかし、**光源氏**は**末摘花**のことを忘れていて、なかなか訪ねてきてくれませんでした。

そんなある日、**光源氏**はたまたま**末摘花**の屋敷の前を通りかかります。見覚えのある木立に、「**末摘花**の家だ」と気がつき、中へ入った**光源氏**は、**末摘花**が自分を信じて待ち続けていたことを知ります。けなげさに感動した**光源氏**は、一生**末摘花**の面倒を見ることを誓うのでした。

主な登場人物

光源氏
28～31歳。

末摘花
光源氏の恋人。**光源氏**が京にいない間、とても貧しい暮らしを送っていた。

十六帖 外伝

関屋（せきや）

空蝉との再会

姉上…
源氏の君からのお手紙です
まあ…
わたしのことを覚えていてくださったのね…

あらすじ

昔の恋のあわい思い出を懐かしむ

かつて、**光源氏**のアプローチを断った**空蝉**は、夫とともに常陸の国（現在の茨城県）に引っ越していました。長い間連絡が途絶えていたふたりでしたが、**光源氏**が石山寺へお参りに行く途中、京へ帰る**空蝉**の牛車とぐうぜんはちあわせます。

光源氏は懐かしくなり、当時「**小君**」と呼ばれていた**空蝉**の弟を呼び出して、**空蝉**への手紙を持たせます。

「長年連絡をしていなかったけれど、心の中ではずっとあなたを想っていました」という**光源氏**の手紙に、心を動かされた**空蝉**は、昔と違って年をとってしまった自分を恥ずかしく思いながらも手紙を返し、ふたりはおたがいに昔の恋の思い出にしみじみとひたりました。

しばらくすると、**空蝉**の夫が病気で亡くなり、**空蝉**は夫の連れ子に言い寄られるようになります。いや気がさした**空蝉**は、**光源氏**との思い出を胸に出家をするのでした。

主な登場人物

光源氏
29歳。

空蝉
光源氏の昔の恋人。結婚しているため、**光源氏**からのアプローチを断り続けていた。

十七帖

絵合（えあわせ）

絵の勝負の裏にある権力争い

主な登場人物

光源氏
31歳。

秋好
22歳。六条の御息所の娘で光源氏の養女。冷泉帝に入内。

頭の中将
光源氏の親友だが、今は対立関係。

弘徽殿の女御
14歳。頭の中将の娘。亡き右大臣の娘の弘徽殿の女御とは別人。

冷泉帝に入内した秋好

秋好は絵がとても上手で

絵を描くのが好きな冷泉帝は彼女のもとに頻繁に通うように

これは君が描いたの？

とっても上手だね

それほどのものでも…

でも帝に気に入っていただけたならなによりですわ

秋好

わー

それを聞いて焦ったのが頭の中将

頭の中将の娘弘徽殿の女御も冷泉帝の妃で

秋好が入内するまでは帝の一番の遊び相手だったのです

まずいこのままでは

帝を秋好にとられてしまう！

弘徽殿の女御2代目

京中から有名な絵師を集めて秋好よりもいい絵を描かせるんだ！
話はどんどん広がり
宮中で帝の愛をめぐり「秋好vs弘徽殿の女御」の絵比べ勝負が行われることに
はいっ
どちらも上手でそれぞれに魅力がある…
う～ん
どちらを勝ちにすべきか…
わたくしたちの最後の絵はこちらです
なんとおいたわしい…！
源氏の君の悲しさが伝わってくるような絵だ…
光源氏が描いた須磨の絵
勝者！秋好がた！
わあっ
泣き落としじゃないか…!!
ガ

あらすじ

弘徽殿の女御VS秋好の絵比べ争い

光源氏は**六条の御息所**の娘・**秋好**を**冷泉帝**の妃にしようと考えます。**冷泉帝**にはすでに**頭の中将**の娘・**弘徽殿の女御**が入内していましたが、**秋好**は絵が上手で、絵を描くことが好きな**冷泉帝**は、**秋好**に次第にひかれていきました。それにあせったのが**頭の中将**。**頭の中将**は娘をゆくゆくは中宮に……と考えていたので、このままでは**秋好**に中宮の座をとられてしまうと思い、有名な絵師を集めて美しい絵を描かせ、**冷泉帝**の気を引こうとします。

光源氏もそれに対抗して、自宅に保管してあった数々の名画を**秋好**に贈りました。その戦いは日を追うごとにどんどんヒートアップしていき、最終的に宮中を巻き込んだ絵比べ大会へと発展します。

大会当日、2チームは接戦をくり広げましたが、最後に**光源氏**が出した須磨の絵日記が決め手となり、**光源氏**側(**秋好**側)が勝利。**秋好**が中宮に王手をかけたのでした。

もっとくわしく

絵合で競いあった絵はどんなもの?

絵合で比べあったのは、文章と絵で物語を描いた「物語絵」。かぐや姫の『竹取物語』の物語絵も登場する。絵合は最初、帝の母である**藤壺**の前で開かれたが、決着がつかず、**冷泉帝**の前でもう一度行われた。

冷泉帝

光源氏にうりふたつのうるわしき天皇

登場する巻

「紅葉賀」から「橋姫」まで登場。「澪標」から「若菜下」まで在位。

家族構成

〈父〉桐壺帝（じつの父は光源氏）
〈母〉藤壺　〈妻〉秋好
〈妻〉弘徽殿の女御（頭の中将の娘）

人物像

幼くして天皇になった運命の子

桐壺院と**藤壺**の息子ということになっているが、じつは**光源氏**と**藤壺**の子。じつの父親が**光源氏**にそっくりなイケメン。**光源氏**だと知ったときはおどろき、父を臣下にしておくことを申し訳なく思ったが、**光源氏**が40歳になったときに准太上天皇※の位をさずけるなど、陰ながら親孝行をしようとがんばっている。

秋好のどんなところにひかれたの？

最初は9歳年上の**秋好**に緊張していたが、小柄で優しげなようすや、「絵」という共通の趣味をきっかけに気づいたら好きになっていたみたい！

※准太上天皇：太上天皇（上皇）は、天皇を退いた人のことで、准太上天皇は、「上皇の次にえらい人」という意味の位。

弘徽殿の女御（頭の中将の娘）

家族構成

〈父〉頭の中将
〈母〉四の君
〈夫〉冷泉帝

登場する巻

「絵合」から「竹河」までたびたび登場。

人物像

秋好の陰で冷泉帝を支える

頭の中将の娘で、12歳で**冷泉帝**の妃になった。**冷泉帝**と年齢が近く、遊び友達のような仲よし夫婦で、将来は中宮になることを期待されていたが、**秋好**が入内してきて立場がおびやかされる。**冷泉帝**の愛をめぐり、**秋好**と絵合で戦うも負けてしまう。華やかさはないが、おだやかで品がある人。

どうして朱雀帝の母と名前が同じ？

朱雀帝の母の**弘徽殿の女御**とは別人。ふたりとも内裏（P.27）の「弘徽殿」に住んでいた女御なので「**弘徽殿の女御**」と呼ばれている。

秋好

六条の御息所のひとり娘

家族構成
〈父〉前東宮
〈母〉六条の御息所
〈夫〉冷泉帝

登場する巻
「葵」から「竹河」までたびたび登場。

人物像

小柄で優しい繊細な心を持つ妃

六条の御息所の娘で、朱雀帝の時代は斎宮を務めた。六条の御息所が亡くなったあと、光源氏に引き取られて冷泉帝の妃に。絵合で勝利して帝の愛を獲得し、冷泉帝の中宮となる。六条院完成後は、秋の町の主人となり、たまに里帰りをしていた。春の町に住む紫の上とは仲がよく、ときどき手紙を交換しあっていた。

じつは、朱雀帝からもラブレターが！

秋好は朱雀帝にも気に入られていた。光源氏はどちらと結婚させるか迷い、藤壺に相談。その結果、冷泉帝に入内することになった。

遊びに見えてじつは壮絶!?
「絵合」の裏にかくされた権力争い

ナンバーワンの物語絵を決める、一見優雅な貴族の遊びに見える絵合。しかし、その裏には、娘を帝の一番の妃にしたいという大人たちの黒い思惑がかくされていた！　ここでは、絵合の裏で起こっていた戦いのようすを徹底解説するよ。

絵合のルール

右と左のチームに分かれて、それぞれが持っている「物語絵」を見せ合い、どちらがより優れているかで勝ち負けを決める。左右2組に分かれて物事の優劣を競い合うゲームは、当時よく行われていて、和歌を競う「歌合」や、香りを競う「薫物合」などが人気だった。

「絵合」はオリジナルゲーム

「絵合」が行われていたという史実はないため、紫式部が考えたオリジナルゲームだといわれている。しかしゲームの中に出てくる物語絵に、当時はやっていた『伊勢物語』など実在の作品や人気絵師の名前を登場させて、リアリティを出していた。

絵合が開催された背景

絵が好きだった**冷泉帝**の気を引くため、**弘徽殿の女御**と**秋好**のふたりが中宮の座をかけて戦うことに。表向きは女性同士のゲームだが、**弘徽殿の女御**の後ろには**頭の中将**、**秋好**の後ろには**光源氏**がついていて、実際はこのふたりの権力をめぐる争いだった。

光源氏チームと頭の中将チームの戦い

光源氏チームは、古典的な趣ある物語絵を選択。対して**頭の中将**チームは今風のイケてる物語絵をチョイス。**頭の中将**チームの絵を「新しくて面白い！」と絶賛する人もいれば、**光源氏**チームの絵を「昔ながらの作品ですばらしい」とほめる人もいた。

頭の中将チーム

作風：今風であかぬけた印象のイケてる物語絵

選手：弘徽殿の女御
当時14歳で、**冷泉帝**より1歳年上。年も近く、**秋好**よりも先に**冷泉帝**の妃になっていたため、中宮争いは有利だといわれていた。

陰の支配者：頭の中将
娘が**冷泉帝**に気に入られて中宮になれば、**光源氏**より強い権力を持てると考え、名だたる絵師に絵を描かせて勝とうとする。

VS

光源氏チーム

作風：昔ながらの趣ある文化を感じる物語絵

選手：秋好
桐壺帝の中宮・**藤壺**は皇女。**秋好**も皇女なので、「また皇女が中宮になるのはよくないのでは※」という声もあり、不利な状況にあった。

陰の支配者：光源氏
秋好のことが好きだった異母兄・**朱雀院**に悪いと思いながらも、**秋好**を**冷泉帝**の中宮にするため、絵のコレクションをそろえる。

じつは試合は2回行われていた！

冷泉帝の前で行われた絵合は第2試合。第1試合は、**藤壺**を審判として行われ、結果は一勝一敗の引き分け。次こそは決着をつけようと考えていたとき、**光源氏**の「どうせなら帝の前で決着をつけたらどうか」という一言がきっかけで、**冷泉帝**の前での絵合が開催された。

勝敗を決めたのは光源氏本人が描いた絵

第2試合でも両者一歩も譲らず、勝敗はなかなか決まらない。最終ラウンド、この日のために描かせた特別な絵をかくし持っていた**頭の中将**側だったが、**光源氏**はなんと自分が須磨にいたころに描いた絵日記を出す。**光源氏**のつらさを物語る絵に全員が心を動かされて、**光源氏**チームの勝ちとなる。

※**朱雀帝**には中宮がいなかったので、一代前の中宮は**藤壺**になる。

十八帖

松風（まつかぜ）

明石の君との3年ぶりの再会

光源氏31歳のころ
二条東院の修築が完了

光源氏はここに明石の君を住まわせようとしますが

明石の君は決心がつきません

わたしみたいな身分の低い田舎者が京へ行ってもみじめな思いをするだけだわ…

姫

でも姫がこんな田舎で育つべきでないのもわかってる…

父・明石の入道のはからいで明石の君は京都から少し外れた大堰に移り住むことになります

二条院

平安京

大堰

ここなら娘も大丈夫だろう

都から少し離れてるし…

主な登場人物

光源氏
31歳。

紫の上
23歳。光源氏から明石の姫君を育ててほしいと頼まれる。

明石の君
22歳。覚悟を決め京へ引っ越す。

明石の姫君
3歳。はじめて父に会う。

ほら
お父さまよ
おとうしゃ?
きゅ〜ん
明石の姫君
なんて愛くるしい子なんだ…
光源氏は大堰で明石の姫君とはじめて会うことができました
やはりこの子は将来中宮になる子
姫としてきちんと育てなくては…
おかえりなさい
今日も明石の君のところ?
…じつは相談があるんだ
明石の姫君を二条院に引き取ろうと思ってる
紫
姫君をあなたが育ててくれないか?
ぱあっ
もちろんです…!

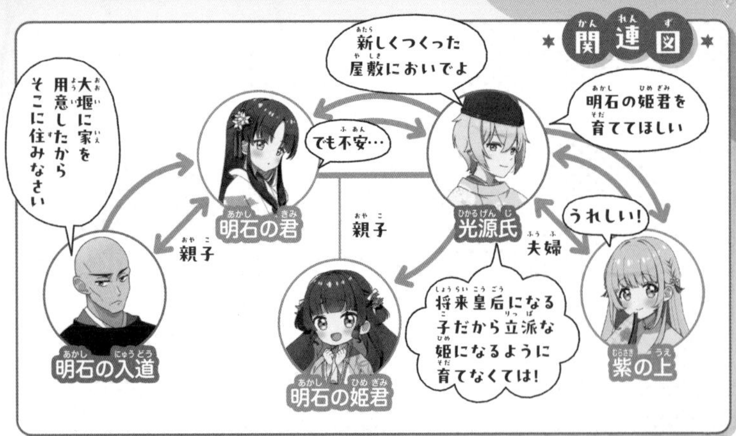

あらすじ

明石の君、京へ 娘との感動の対面

光源氏の住む二条院の近くに、新しい屋敷「二条東院」が完成。**光源氏**はこの屋敷に**明石の君**を呼ぼうと考えますが、**明石の君**は「わたしが京に行ってもみじめな思いをするだけに違いない」と思い、二条東院への引っ越しをためらっていました。

そこで、**明石の入道**が大堰川のほとりに家を用意。**明石の君**は、母・**明石の尼君**と、娘・**明石の姫君**とともにその家に移ります。**光源氏**は引っ越してきた**明石の君**を訪ね、はじめて、娘である**明石の姫君**と会うことができたのでした。**光源氏**は**明石の姫君**を見て、「姫君の将来のためには、自分のもとで育てるのが一番いい」と考えますが、**明石の君**の気持ちを思うとつらく、言い出すことができませんでした。

二条院にもどった**光源氏**は、**紫の上**に、母代わりとなって**明石の姫君**を育ててくれないかと相談します。子ども好きな**紫の上**は、その申し出を素直に喜ぶのでした。

もっとくわしく

紫の上はどうして嫉妬せずに明石の姫君を引き取ったの?

光源氏が**明石の君**のことをかくさず話し、「**紫の上**の許可を得た恋」にしていたから。それに、子どものいない**紫の上**はいつか養子を迎えなければならなかった。それなら**光源氏**の子を、と考えたみたい。

明石の姫君

光源氏のただひとりのじつの娘

登場する巻
「松風」から「手習」までたびたび登場。「藤裏葉」で東宮の妃になり「御法」では中宮。

家族構成
〈父〉光源氏　〈母〉明石の君
〈夫〉今上帝　〈息子〉匂宮

人物像
中宮になるべく愛情深く育てられた姫

光源氏と**明石の君**の娘。**光源氏**が京にもどったあと明石で生まれ、3歳で京へ引っ越し、**紫の上**の養女として育てられる。11歳で東宮（のちの**今上帝**）の妃になり、このとき、じつの母・**明石の君**との再会を果たした。**紫の上**のことも、**明石の君**のことも大好き。のちに中宮となり、**匂宮**の母としても立派に立ち回る。

どうして紫の上の養女になったの？

母の身分が低いために高貴な人と結婚できない、ということがないように、実母・**明石の君**よりも身分が高い**紫の上**のもとで育てられた。

十九帖

薄雲（うすぐも）

初恋の人との永遠の別れ

明石の君は姫君を紫の上にたくす決断をしました

わたしのような身分が低い人間に育てられるよりも

紫の上さまのような身分の高い方のもとで育ったほうがこの子のためになる…

紫の上さまどうかこの子をお願いします…

ここどこ〜!?

おかあしゃ〜ん!!

意地悪な継母も多かった時代に

泣かないでかわいい子

今日からわたしのことをお母さんだと思ってなんでも頼ってね

紫の上は明石の姫君を心から愛したのでした

主な登場人物

光源氏
31〜32歳。

藤壺
36〜37歳。病気になり亡くなる。

冷泉帝
13〜14歳。自分の出生の秘密を知る。

明石の君
22〜23歳。娘の幸せを思い、手放す。

明石の姫君
3〜4歳。母のもとを離れ二条院へ。

そんな中藤壺が病気をわずらいます

光る君…桐壺院のご遺言どおり帝の後ろ見をつとめてくれて

本当にありが…

藤壺さま…！

藤壺は光源氏と話す中眠るように息を引き取りました

藤壺さまの四十九日も終わりまして

帝にお伝えしたいことがございます…

なに!? 光る君がわたしのじつの父親!?

小さいときからこんなに近くで見守ってくれていたのに

わたしは父を臣下として…

そうだ帝位を光る君に譲ろう…

しかし光源氏は譲位を断ります

冷泉帝は陰ながら親孝行をすることを決めるのでした

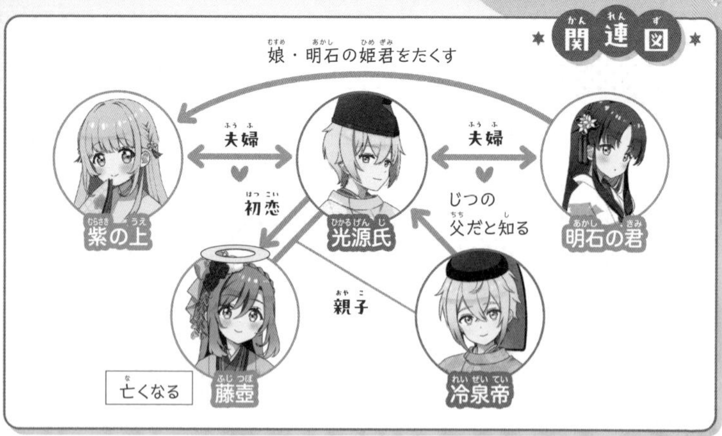

あらすじ

母の死後、帝に明かされた真実

娘を手放す覚悟が決まらなかった**明石の君**でしたが、母・**明石の尼君**に「**源氏の君**が臣下なのも、母の身分が低かったからと聞きます。姫君のためにどうしたらいいかを考えなさい」と言われ、ようやく娘を**紫の上**へあずける決心をします。二条院に引き取られた**明石の姫君**は、最初は泣いていましたが、次第に**紫の上**にも懐いていくのでした。

年明け、**葵の上**の父・**左大臣**が亡くなり、続けて**光源氏**の初恋の女性である**藤壺**も亡くなります。

藤壺の四十九日が過ぎたころ、**冷泉帝**は**藤壺**が信頼していた僧から、自分の父が本当は**光源氏**であることを聞かされます。おどろくと同時に、じつの父を臣下にしていることを申し訳なく思った**冷泉帝**は、**光源氏**に帝の位を譲ろうと考えました。

しかし、**光源氏**はその申し出を断固拒否。急にそんなことを言い出した**冷泉帝**に、「秘密を知ってしまったのだろうか」と不安になるのでした。

もっとくわしく

許されない初恋の終わり

藤壺はお見舞いに来た**光源氏**に、**冷泉帝**の後ろ見をしてくれていることへの感謝を伝える。泣きすぎては**藤壺**との関係をあやしまれるため、**光源氏**は必死に涙をこらえて、返事をしなくてはならなかった。

儀式を経て大人になっていく
男の子の通過儀礼

子どもが生まれてから成人になるまで、しきたりにもとづき数々のセレモニーが行われた。現代では18歳になったら成人となり、同じ学年のみんなで一斉に成人式を迎えるけど、平安時代は人によって成人式を迎える年齢が違ったよ。

乳幼児の数々の儀式

平安時代は赤ちゃんの死亡率がとても高かったため、日々の成長をお祝いするために数々の儀式や宴が行われた。生後3、5、7、9日めの夜には「産養」という宴を開催。生後50日目、100日目には、赤ちゃんに餅をふくませる儀式をした。現代の「お食い初め」のルーツ。

袴着

3歳から5歳になると、はじめて袴をはく、袴着の儀式が行われた。袴着は縁起のいい日を選んで行われて、親せきたちはお祝いの品を贈った。袴着は、世間に自分の子どもを公表するという目的もあった。現在の七五三の原型といわれている。

元服

10〜17歳くらいになると、元服という成人式が行われた。成人式を終えると結婚できる。ゆくゆく帝になる予定の男の子が元服をするころになると、周りの大人は自分の娘や親せきをなんとかして宮中に入内させて、結婚相手に選んでもらおうとした。

元服前の男の子は、角髪という髪型をするのが正式。髪の毛には総角結び(P.229)の紐をつけている。普段は後頭部で束ねて、長く垂らした。

元服の儀式でははじめて冠をかぶる。冠をかぶせる係は「加冠」と呼ばれ、今後面倒を見たり、後ろ盾になるような大人が行う。**光源氏**の場合は**左大臣**が加冠を務めた。

二十帖

朝顔（あさがお）

光源氏、再び女性にアプローチ！

光源氏はいとこの朝顔の姫君に昔から好意を抱いていました

父が亡くなったタイミングで斎院をやめた朝顔に

光源氏はまた思いを伝えるようになります

わたしの気持ちは昔から変わっていません

どうかお顔を見せていただけませんか？

わたしももういい歳

今さら恋なんてできないわ…

朝顔の姫君

結婚なんてしたくないという気持ちは昔から変わっていません

お会いできないですわ

主な登場人物

光源氏
31～32歳。

朝顔の姫君
光源氏のいとこ。昔から光源氏にアプローチされている。

紫の上
24歳。「一番の妻」の座がうばわれそうで不安。

源氏の君が朝顔の姫君に言い寄ってるらしいわよ
えー
殿が朝顔の姫君のところへ…？
もしかして本気なのかしら…
わたしに教えてくれないなんて
紫どうかした？
ビクッ
もしかしてまたヤキモチをやいてるの？
だれがそんなに大人気ない人に育てたんだろうね？
そういえば昔藤壺さまの前で雪山をつくったなぁ
紫は藤壺さまにそっくりだけど
気の強さは藤壺さまより上だね
くすくす
殿…

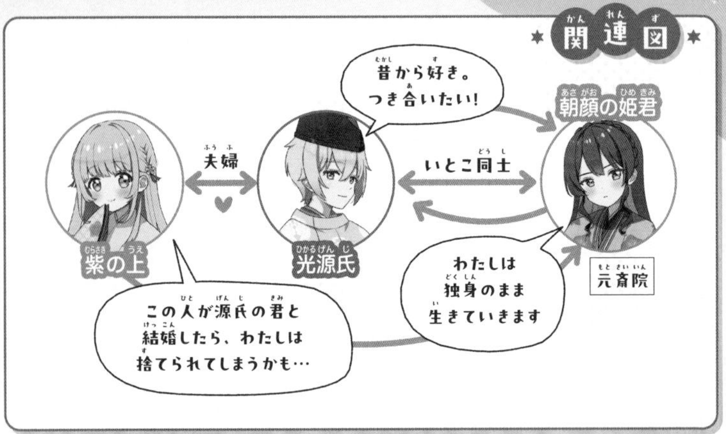

あらすじ

光源氏の新たな恋に不安がる紫の上

光源氏が10代のころからひそかにアプローチをしていた**朝顔の姫君**が、斎院を退いて自宅にもどってきました。**光源氏**は手紙をたくさん送りますが、**朝顔の姫君**は相手にしません。

しばらくすると、**光源氏**が**朝顔の姫君**に言い寄っていることがうわさになります。それを聞いた**紫の上**は、一番の妻の座をうばわれてしまうのではないかと不安にかられました。

しかし、いつまでたっても**朝顔の姫君**はなびかず、**光源氏**もしぶしぶあきらめることに。雪の降るある日、光源氏は二条院で**紫の上**の機嫌をとりながら、昔、**藤壺**が庭に雪山をつくらせたことを話します。それから今までに関わりのあった女性たちの話をはじめた**光源氏**は、うっかり**藤壺**のことを自分の妻や恋人と同じように話してしまいました。

その夜、**光源氏**の夢に**藤壺**が現れて、「秘密だと約束したのにあっさり話してしまうなんてひどい」と、うらみごとを言うのでした。

もっとくわしく

「斎院」っていったい何?

斎院とは、賀茂神社に仕える独身の皇女のこと。伊勢神宮に仕える「斎宮」(P.101)は天皇が変わったら交代するが、斎院は交代しなくてもOK。**朝顔の姫君**は、父親が亡くなったため、斎院をやめて家にもどった。

朝顔の姫君

光源氏になびかなかったいとこ

登場する巻

「帚木」から「若菜下」までたびたび登場。

家族構成

〈父〉桃園式部卿の宮
〈いとこ〉光源氏
〈おじ〉桐壺帝

人物像

光源氏を拒み独身をつらぬいた唯一の人

桐壺院の弟・**桃園式部卿の宮**の娘。賀茂神社の斎院だったが、父の死をきっかけにやめる。若いころから**光源氏**にアプローチされていて、斎院の間は控えめだったものの、斎院を退くとともに再燃。しかし、断り続けた。皇族の姫で身分が高く、もし結婚したら第一の妻になりかねないため、**紫の上**は不安がっていた。

どうして光源氏を拒み続けたの？

光源氏と恋人になった**六条の御息所**の苦悩をうわさで聞き、自分はそんなふうにはなりたくないと思ったから。

二十一帖

平安の純愛ラブストーリー 少女（おとめ）

主な登場人物

光源氏
33～35歳。

夕霧
12～14歳。光源氏の息子。元服して六位に。

雲居の雁
14～16歳。夕霧にあわい恋心を抱く。

頭の中将
夕霧と娘・雲居の雁が両思いと知って大激怒。

大宮
夕霧と雲居の雁の祖母。ふたりの恋を応援中。

光源氏と葵の上の息子
夕霧は12歳で晴れて
元服を果たしました

父上
なぜ六位なのですか！

最初から
高い位についたら
勉強をがんばる気持ちが
なくなるだろう？

夕霧
お前にはきちんと
自分で物事を考えられる
人になってほしいんだ

夕霧

六位じゃ
ほかのいとこたち
よりも下だよ…

わたしは
六位だって
気にしないわ

どんな夕霧でも
大好きだもの！

雲居の雁

夕霧と雲居の雁は大宮の屋敷で育ったいとこ同士
ふたりはおたがいに想い合っていました
えへへ
あらまぁ
しかし
娘・雲居の雁と夕霧の仲を聞きつけた頭の中将は…
光の息子と!?
ふざけるな六位ふぜいが…!
秋好に中宮の座も奪われた今
雁だけが頼りなんだ
雁は東宮さまの妻にしなければ…!
夕霧!
わたしお父さまのお屋敷に行かなければならないって…
行きたくない…!
ぼくも君とずっといっしょにいたい…!
これから先なにがあっても雁が大好きだよ
いつか出世して必ず君を迎えに行くから…!

あらすじ

引きさかれたあわい恋心

光源氏の息子・夕霧は、祖母・大宮のもとで育てられていました。大宮の屋敷には頭の中将の娘・雲居の雁も暮らしていて、幼いふたりは毎日仲よく遊んでいました。12歳になった夕霧は、元服し、宮中に勤めるようになります。しかし、夕霧がもらった官位は六位。これは、光源氏の息子としてはとても低い位でした。文句を言う大宮に、光源氏は、夕霧には学問を学んで自分で生きていく力をつけてほしいと話します。

一方、頭の中将は光源氏の養女・秋好が中宮になったことをくやしがり、もうひとりの娘・雲居の雁を東宮(のちの今上帝)の妃にしようと考えます。しかし、雲居の雁と夕霧の間には、あわい恋心がめばえていたのです。そのことを知った頭の中将は大激怒。雲居の雁を自分の屋敷へと引き取り、ふたりは離れ離れになってしまいました。そして2年後の8月、光源氏の新しい屋敷・六条院が完成するのでした。

もっとくわしく

別れのあと夕霧があこがれた「五節の舞姫」

雲居の雁との別れのあと、夕霧は「五節の舞」を舞った舞姫・藤の典侍(光源氏の従者・惟光の娘)にあこがれ、手紙を送る。でも心の底では雲居の雁が忘れられなかった。

一途で努力家な光源氏の息子

登場する巻

「葵」から「蜻蛉」まで登場。

家族構成

〈父〉光源氏
〈母〉葵の上
〈妻〉雲居の雁
〈妻〉落葉の宮
〈恋人〉藤の典侍

人物像

まじめがゆえの不器用さも魅力

光源氏と**葵の上**の息子。母方の祖母・**大宮**に育てられる。**光源氏**によく似たイケメンだが、まじめで、浮気はあまりしないタイプ。**雲居の雁**と両思いだったが、**頭の中将**によって引きさかれる。勉強をがんばり出世し、のちに**雲居の雁**とめでたく結婚。六条院完成後は夏の町に住み、**花散里**が母代わりとして面倒を見た。

コツコツと努力し、成果を出していった

雲居の雁との別れ際、女房に言われた「六位ふぜいが！」の言葉に傷ついた**夕霧**は、見返してやろうと勉強をがんばり、一歩一歩出世していった。

夕霧の大切な幼なじみ

雲居の雁

人物像

好きな人との結婚を信じて待ち続ける

頭の中将の娘。両親は離婚していて、父方の祖母・**大宮**のもとで育つ。**夕霧**とはいとこ同士で、両思いだったが、父によって仲を引きさかれる。**雲居の雁**を東宮の妃にしたい**夕霧**を待ち続けて7年、ようやく**頭の中将**が折れて、結婚することができた。

どうして大宮のところで育ったの？

子どもは母の家で育つのが基本。でも、**頭の中将**は娘が再婚相手の子になるのは納得がいかず、引き取って**大宮**にあずけた。

登場する巻

「少女」から「竹河」までたびたび登場。

大宮

愛情深く優しい祖母

人物像

孫たちをかわいがり立派に育てる

桐壺院の妹で、**頭の中将**と**葵の上**の母。娘・**葵の上**や夫・**左大臣**が亡くなった悲しみにも負けず、孫の**夕霧**と**雲居の雁**を育てた。息子の**頭の中将**と違い、**夕霧**と**雲居の雁**の恋を心配し、応援していたが、ふたりの結婚の前に亡くなってしまう。

死後は孫たちの「守護霊」に

ふたりの結婚前に亡くなってしまったが、**頭の中将**は**大宮**の法要をきっかけに結婚を認め、その後ふたりは**大宮**の屋敷で暮らした。

登場する巻

「桐壺」から「藤袴」までたびたび登場。

四季をモチーフにした六条院の4つの町

物語の中盤、**光源氏**が夢見ていた大豪邸「六条院」が完成。六条院は以前、**六条の御息所**が住んでいた場所に建てられた。一般の家4つ分の敷地で、邸宅の中は、春、夏、秋、冬それぞれをモチーフにした町がつくられているよ。

冬の町　明石の君

ちょっと遅れて**明石の君**も六条院へ。**明石の君**の母・**明石の尼君**もいっしょに引っ越す。

夏の町　花散里

元服後の**夕霧**もここに住んでいた。**光源氏**に引き取られた**夕顔**の娘・**玉鬘**もこの町に住むことになる。

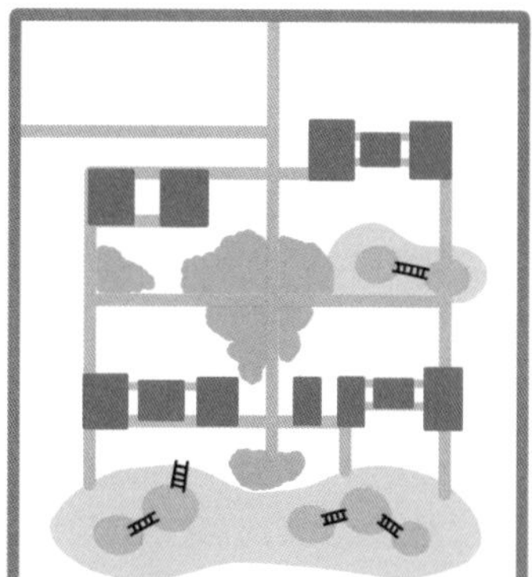

秋の町　秋好

六条の御息所の屋敷の跡地を、宮中から帰ってくるときの住む場所（いわゆる実家）にした。

春の町　紫の上

六条院の中心。**光源氏**もここに住んだことから、**紫の上**を大切にしていたことがわかる。

もはや「源氏帝国」

六条院の面積は6万3500㎡。今の日本の住宅の平均の土地の広さは、195.2㎡といわれているので、現代の家が300軒以上建つくらいの広さだった。そんな最高にぜいたくな空間に、大切な女性たちや家族、ゆかりのある人たちを集めて暮らす姿は、**光源氏**がまさに「時代の権力者」であったことを物語っている。

それぞれの町とそこに住む女性の特徴

春の町

春を愛する**紫の上**の「好き」を集めた町。紅梅や藤、桜など春の木や草花などがたくさん植えられ、毎年春に宴が開かれた。**紫の上**が育てる**明石の姫君**も住んでいた。のちには**女三の宮**が嫁いできて春の町の中心部に、**紫の上**は東側の棟に住んだ。

夏の町

花散里のいつまでも変わらない、だれにでも優しいさわやかな性格を象徴するような夏の町。撫子や橘、卯の花などの草花が植えられ、涼しげな泉もつくられた。**光源氏**の息子・**夕霧**もここに住んでいた。騎射ができるような馬場もあった。

秋の町

もともと**六条の御息所**が住んでいた家の付近に、娘である**秋好**が里帰りする際の家がつくられた。また、部屋からは、紅葉が美しい山々が見える。「母が亡くなった秋が心にしみる」という彼女のために、紅葉や秋の花々がたくさん植えられた。

冬の町

明石の君の、奥ゆかしい人柄をあらわすような静かな町。**明石の君**が都会に出てきても気後れしないよう、里山のような佇まいで、ほかの町に比べてあえて質素につくられた。雪景色が映えるよう、北側には松林や菊が植えられている。

みやびな遊び「春VS秋」

「春と秋、どっちが優れているか対決」は、昔から貴族の間で行われていたみやびな遊び。**秋好**は「秋ってこんなにステキなの」と紅葉を**紫の上**に送り、半年後の春には**紫の上**が「春だって負けてないわ」と春の花を送った。**秋好**は中宮で身分が高くなかなか外に出られないため、争いとは言いつつ、**紫の上**は季節を楽しめるよう気配りをしていたみたい。

＼やってみよう！／

風水で運気アップ

平安時代には中国から伝わった「風水」も人気で、平安京もいい「気」がたくさん集まる場所「四神相応の地」につくられたといわれているよ。ここでは簡単にできる現代版・風水を紹介！　ぜひためしてみてね♪

恋愛運アップの風水

好きな人を振り向かせたい

まずは寝室を掃除して、まくらもとに、ガーベラやバラ、チューリップなど、大きなつぼみがつくお花を飾る。花が持つ「咲かせる」パワーをもらって、恋を成就させよう。

キレイになってモテたい

おうちの洗面所をピカピカに磨くのがオススメ。特に鏡は、一点の曇りもないほど輝かせて、ビューティー運をアップ。普段持ち歩いている身だしなみポーチも整理整頓をすればさらに◎。

勉強運アップの風水

集中力をアップしたい

いつも宿題やテストの勉強をしている机を北向きにしてみよう！北は、家の中でも寒い場所なので、頭が冷えて物事を冷静に考えられるようになって、集中力がみるみるアップするよ♪

成績を上げたい

小さな観葉植物を2つ、机の両端に置いてみよう。植物のグリーンが持っている「育つ力」が勉強パワーを高めてくれるよ。ただし、枯らさないことが大切。水やりなどのお世話はかかさずに！

授業で活躍したい

学校から帰ったら、カバンの中身を一度全部出して、翌日の授業に必要なものだけを入れるように毎日整理しよう。勉強に関係ないものやゴミが入っていると、悪い気が発生する原因になるよ。

友情運アップの風水

友達との写真を飾る

ずっと親友でいたい子や、もっと仲よくなりたい子がいたら、写真を撮ってプリントアウトして、部屋に飾ろう。おたがい笑顔で映っている写真なら、さらに関係が深くなるよ。

前向きな言葉を使う

友達と話すときは明るいニュースを話題にするようにして、前向きな言葉を使おう。汚い言葉や乱暴な言葉を使うと悪い運気を招くので、うわさ話や悪口には参加しないように心がけよう。

「おはよう」は元気よく

言葉にはその人の「気」がこめられていて、特に「おはよう」の言葉には、前向きな気が含まれているよ。元気なあいさつをすると、学校全体がよい気で満たされて、ステキな１日のスタートが切れるよ。

やってはいけない風水

つけっぱなしのテレビ

常にテレビがついていると部屋の気の流れが乱れて、あなたの元気もチャージできない状態に。見ていないときはテレビの電源をオフにして、頭も心もクールダウンさせよう！

唇が乾燥している

唇の乾燥は「陰の気」が強くなっている証拠。そのままにしておくと恋愛運が大幅ダウンしちゃうよ。リップクリームやグロスで常に保湿して、あなたの魅力も恋愛運も上げていこう♪

ハデすぎる服を毎日着る

蛍光色やアニマル柄などの奇抜な洋服は「陽の気」を発しているよ。少しならいいけど、あまりにハデすぎる服を毎日着ていると、陽の強さで周りと争いごとが生まれたり、イライラしがちに。

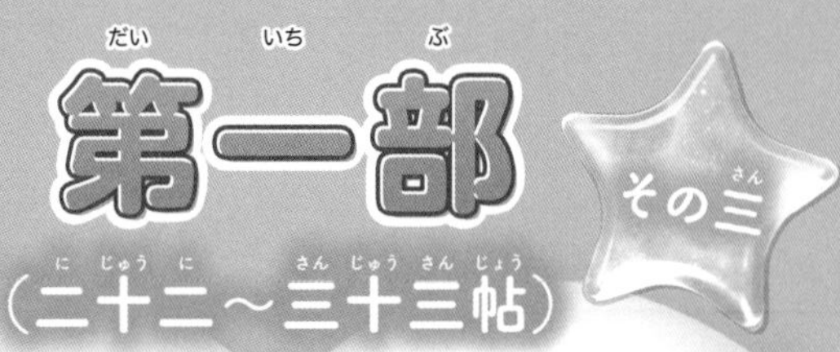

第一部（二十二～三十三帖）その三

栄華を手にした絶頂期の物語

夕顔の娘・玉鬘を養女に迎えた光源氏。
玉鬘と光源氏の親子以上・恋人未満の関係と、
玉鬘が結婚するまでの恋愛模様、そして光源氏が
時代の頂点に立つまでを描いたお話だよ！

31歳～39歳

相関図

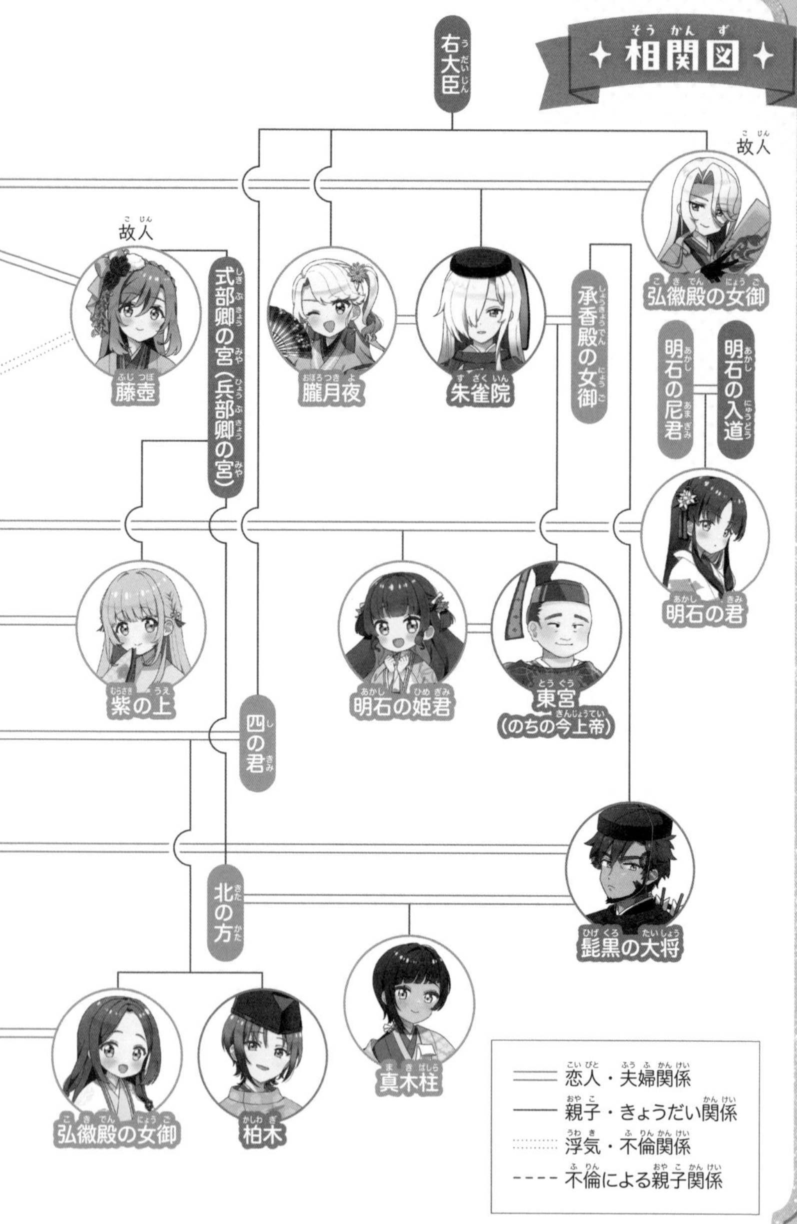

右大臣
故人
弘徽殿の女御
朧月夜
朱雀院
承香殿の女御
明石の尼君
明石の入道
故人
藤壺
式部卿の宮（兵部卿の宮）
明石の君
紫の上
明石の姫君
東宮
（のちの今上帝）
四の君
髭黒の大将
北の方
真木柱
弘徽殿の女御
柏木
恋人・夫婦関係
親子・きょうだい関係
浮気・不倫関係
不倫による親子関係

故人
六条の御息所
前東宮
大宮
左大臣
故人
桐壺の更衣
故人
桐壺院
空蝉
花散里
蛍の宮
故人
葵の上
光源氏
末摘花
故人
夕顔
頭の中将
玉鬘
秋好
近江の君
雲居の雁
夕霧
冷泉帝

二十二帖

外伝

玉鬘（たまかずら）

玉鬘十帖のはじまり

あらすじ

探していた姫との運命の再会

「夕顔」巻で命を落とした**夕顔**の娘・**玉鬘**は乳母一家とともに筑紫※で暮らしていました。**夕顔**の死を知らず、行方不明になったと思っていた乳母は、いつか**夕顔**と再会させたいと、**玉鬘**を大切に育ててきたのです。

美しく成長した**玉鬘**は、田舎でもモテモテ。結婚の申し込みがたくさん届きます。乳母は申し出を断っていましたが、ある豪族※の男が**玉鬘**に強引に迫るようになり、乳母は**玉鬘**と京に逃げることを決めます。

しかし、京へ着いても頼るあてはなく、困り果てて、長谷寺へお参りに行きます。すると、宿で隣の部屋になったのは、**夕顔**の元侍女で、今は**紫の上**に仕える**右近**でした。**右近**は**玉鬘**と感動の再会を果たしたあと、**光源氏**にこの事を報告。**光源氏**は**玉鬘**を養女として引き取り、六条院の夏の町に住まわせました。

年末、**光源氏**は六条院の女性たちに、新年の晴れ着を贈るのでした。

主な登場人物

光源氏
31~32歳。

玉鬘
21歳。夕顔の娘。

乳母
玉鬘を育てた乳母。夕顔の死を知らない。

右近
夕顔が死んだときそばにいた侍女。その後光源氏に仕えていた。

※筑紫：現在の九州北部。
※豪族：地方で大きな富と権力を持つ一族のこと。

玉鬘

平安のシンデレラガール

登場する巻
「帚木」から「若菜下」までたびたび登場。

家族構成
〈父〉頭の中将
〈母〉夕顔
〈養父〉光源氏
〈夫〉髭黒の大将

人物像

モテ度高めの華やかな姫

夕顔と**頭の中将**の娘。筑紫で乳母一家と育つも、ある豪族からしつこい求婚を受けて京へ逃げ、**光源氏**に引き取られる。**光源氏**からのアプローチに戸惑うが、無理強いしないようすに次第に心を許すように。多くの男性からの求婚のすえ、**髭黒の大将**と結婚。最初はいやがっていたが、娘や息子に囲まれて幸せに暮らす。

少女マンガのような玉鬘の運命を描いた「玉鬘十帖」

「玉鬘」から「真木柱」までの10巻は、玉鬘を新ヒロインとした外伝で、まとめて「玉鬘十帖」とも呼ばれている。

二十三帖

外伝

初音（はつね）

六条院の華やかな正月

あらすじ

妻たちと過ごす優雅な新年

元日、完成したばかりの六条院は、きらびやかな雰囲気に包まれていました。春の町で**光源氏**と**紫の上**が優雅な時間を過ごしていると、**明石の君**から**明石の姫君**に手紙が届きます。**光源氏**は**明石の姫君**に返事を返すように言い、**姫君**は「お母さまのことを忘れてはいません」という内容の和歌をよんで送りました。

その後、**光源氏**は**花散里**と**玉鬘**の住む夏の町、**明石の君**の住む冬の町に新年のあいさつに向かい、その日は**明石の君**の部屋に泊まります。正月早々、ほかの女性のところへ行ってしまった**光源氏**に、**紫の上**はすねるのでした。しばらくして、**光源氏**は**末摘花**と**空蝉**が住む二条東院にもあいさつに足を運びます。

この年のお正月は、宮中で男踏歌※が開催され、六条院にも一行がやってきました。**夕霧**の舞い姿をほこらしく思いながら、**光源氏**は見物を楽しむのでした。

主な登場人物

光源氏
36歳。

紫の上
28歳。

明石の姫君
8歳。実母・**明石の君**に手紙を出す。

明石の君
27歳。娘からの手紙に喜ぶ。

※男踏歌：足を踏みならしながら歌って舞う、宮中の正月行事。

赤・青・黄……そんなに単純じゃない!?『源氏物語』に出てくる色

平安時代の貴族たちの色へのこだわりは強く、着物や紙の染め方に工夫を凝らし、日本独自の色も生まれていったよ。ここでは、『源氏物語』の中にも登場する、平安時代に愛されたステキな色をくわしく紹介！

『源氏物語』で描かれている特徴的な「色」

今様色

平安貴族は紅が大好きだったが、染料をたくさん使うぜいたく品なので禁止令がよく出た。そのため、許される限界まで濃く染めた薄紅「今様色」が流行した。

紅梅

薄い藍色の上に、紅花という赤い色素を持つ花で染めた、少し紫がかったピンクに近い赤色。紅梅の花は、平安初期に中国から来て大人気となった。

胡桃色

灰色がかった、黄土色に近い色。**光源氏**がはじめて**明石の君**に手紙を送る際に使ったのが、胡桃色の高麗の紙。朝鮮半島から輸入したとても高級な紙だった。

落栗色

玉鬘の成人の儀式（裳着）に、**末摘花**が送った袴の色。紅の染料を黒くなるほど何度も染めて濃くした色で、昔のぜいたく品をあらわしたといわれている。

薄墨

光源氏が**葵の上**の喪に服す際に3か月間着た喪服の色。喪服の色は悲しみや亡くなった人との縁が強くなると、鈍色（薄い黒）、黒と、だんだん濃くなる。

浅葱

若いネギのような、青緑色。**夕霧**が元服をしたとき、**光源氏**の思惑で「六位の身分からスタート」となったが、このときの六位の制服が浅葱色だった。

若苗色

青と黄色の間の、黄緑に近い色。**薫**がはじめて**浮舟**を垣間見たときに着ていたのが若苗色の着物。ちょうど4月下旬ごろで、季節にあった色だった。

蘇芳

紫と紅色の間の色。蘇芳とは外国産のマメ科の木で、その樹脂や木材から染料をつくる。「絵合」のときに絵をのせた台は、蘇芳に染められた木工品だった。

麹塵

「麹黴のような色」といわれる、独特な深みのある緑色。当時は青色とも読んだ。帝の日常着で、家来にも与えられた服の色。後世では帝だけの色になる。

当時も今もめでたい年末や正月

光源氏の「衣配り」と正月行事

「玉鬘」巻の最後で自分の妻や恋人、娘たちにお正月の晴れ着を贈った光源氏。これは、「衣配り」と呼ばれる年末行事のひとつ。「玉鬘」巻のラストから、「初音」巻にかけて描かれる、当時の貴族たちの正月の過ごし方をくわしく紹介するよ。

衣配り

年末に、正月に着るための晴れ着を配る風習のこと。光源氏は妻や恋人、娘など、関係のある女性たちに豪華な晴れ着を贈った。物資も少なく、すべて手作業で着物をつくっていた時代なので、今の時代の「服を買ってあげる」よりもハードルが高く、光源氏のような財力がないと、とうていできないことだった。

正月の風習

巻の名前である「初音」には、正月が明けてから「初めての子の日」という意味も。初子の日には野原で若菜をつんで汁物に入れて食べたり、小さい松（小松）を引き抜いて飾ることで、長生きをお祈りした。今の時代は誕生日が来たらそれぞれ年をとるが、平安時代は正月を迎えると、みんないっしょに1歳年をとった。

「子の日」は「根延び」と音が似ている。そのため、小松を引き抜いて「根を伸ばす」と寿命も延びると考えられていた。

「キャラ説明」に使われた衣装

紫式部は、**光源氏**が衣配りで送った着物の模様や色から、登場人物の人柄を伝えようとした。「着ている服のイメージでキャラたちがどんな性格や個性かを伝える」というのは、現代の小説やマンガにも共通する考え方だね。

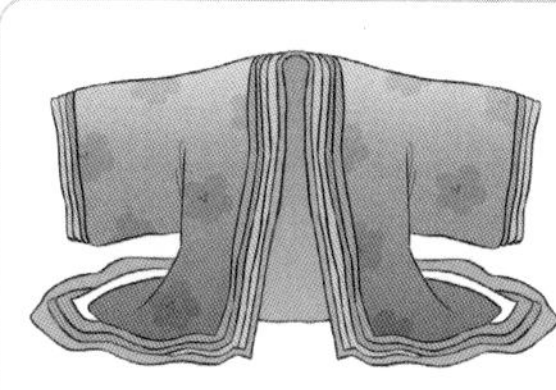

紫の上

赤やピンク系の色でまとめた、紅梅模様が浮き上がる高級品。当時の「今っぽさ」がある雰囲気で、**紫の上**がおしゃれで女性からもあこがれられる存在だということがわかる。

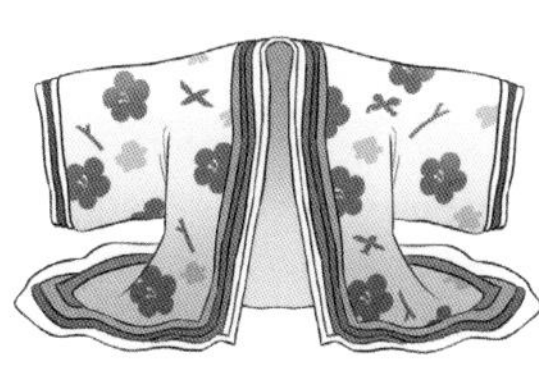

明石の君

梅の花やちょうちょ、鳥が描かれた白い小袿と、濃い紫色の袿。かなり品がある人じゃないと、「衣装に着られてしまう」ような、着こなすのが難しい気高い組み合わせ。

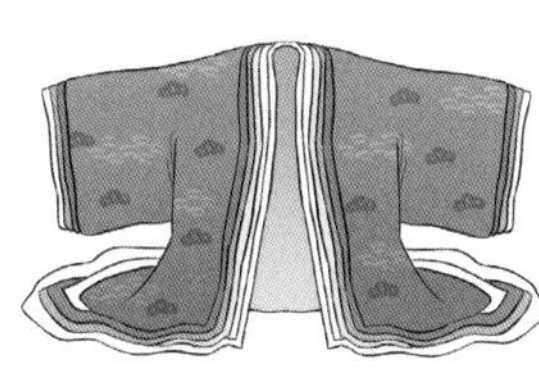

花散里

濃い赤色の袿に、薄い藍色の小袿を重ねた衣装。松や波の風景を織った一見豪華な模様だが、色は控えめで、**花散里**のつつましく、落ち着いた雰囲気に似せている。

空蝉

すでに出家をしていた**空蝉**。出家した女性が着る青鈍色の小袿に、「いわぬ色」といわれたくちなし色の袿、尼が着ても許される程度の薄い黄がかった色の重ねを送った。

末摘花

縦糸は萌黄色、横糸は白の「柳」という伝統的な織り方で織られたシンプルな小袿を送った。男女問わずスタンダードな色で、古式ゆかしい**末摘花**らしさを物語る衣装。

玉鬘、明石の姫君

玉鬘には若い女性ならではの真っ赤な袿と、山吹色の細長が送られた。まだ幼い**明石の姫君**には、桜色の細長とつやのあるピンクの袿という、女の子らしい着物が送られた。

二十四帖

外伝

胡蝶（こちょう）

玉鬘へのかくしきれぬ想い

主な登場人物

光源氏
36歳。

秋好
27歳。六条院に里帰り中。

紫の上
28歳。光源氏の玉鬘への恋心をなんとなく察している。

玉鬘
22歳。光源氏に告白され困惑する。

あらすじ

光源氏による恋文レッスン

3月、六条院の春の宴として、船で音楽の催しをすることに。**光源氏**は、宮中から里帰り中の中宮・**秋好**にも見せたいと思いますが、中宮はやすやすと出歩ける身分ではありません。代わりに、**秋好**の若い侍女たちが船に乗り、宴を楽しみました。

一方、**玉鬘**のもとには、さまざまな男性から結婚の申し込みが届きます。**光源氏**の異母弟・**蛍の宮**や、**髭黒の大将**、**玉鬘**を異母姉とは知らない**柏木**からも、手紙が届きました。**光源氏**は手紙を見て、「返事はすぐにしないほうが男心をくすぐる」「**蛍の宮**と**髭黒の大将**には返事をしたほうがいい」などとアドバイス。しかし、心の中では、**光源氏**自身が、美しい**玉鬘**にひかれていました。

ある日、気持ちがおさえられなくなった**光源氏**は**玉鬘**の手をにぎり、想いを伝えます。おどろいた**玉鬘**は、困惑し、じつの父・**頭の中将**に会いたいと涙するのでした。

蛍の宮

みやび際立つ光源氏の異母弟

人物像

風流心豊かなおしゃれさん

桐壺院の息子で、光源氏の異母弟。光源氏と仲よしで、音楽や和歌を好むため、絵合や一番いい香りの香を決めるときの審判に呼ばれるなど、たびたび登場。玉鬘に求婚していたが、結婚はかなわず、のちに髭黒の大将の娘・真木柱と結婚する。

真木柱との結婚はじつは「再婚」!

以前は右大臣の娘と結婚していたが、妻が亡くなり独身に。光源氏も「玉鬘の婿に」と考えたが、恋の誘惑に弱い所を少し心配していた。

登場する巻
「花宴」から「幻」までたびたび登場。

玉鬘への求婚者一覧

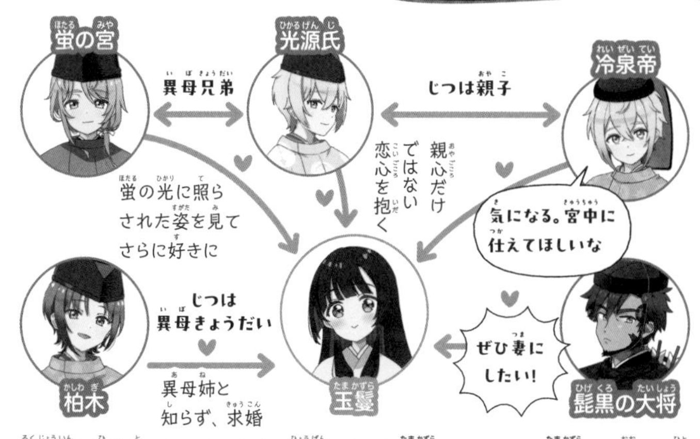

六条院に引き取られるやいなや、評判になった玉鬘。モテモテな玉鬘へは多くの人からラブレターが届く。はたして玉鬘を手に入れるのはいったいだれなのか!?

柏木

才能にあふれた夕霧の親友

登場する巻

「少女」から「柏木」までたびたび登場。「柏木」で亡くなる。

家族構成

〈父〉頭の中将
〈母〉四の君
〈妹〉弘徽殿の女御
〈妻〉落葉の宮

人物像

恋におぼれた優秀な貴公子

頭の中将の長男で、**夕霧**の親友。笛や琴、蹴鞠がうまく、特に笛は右に出るものがいないほどの腕前。**夕霧**と並ぶ、才能豊かな貴公子だが、**女三の宮**に恋をしてから豹変。東宮（のちの**今上帝**）にうそをついて**女三の宮**の飼っている猫を手に入れたり、**女三の宮**の代わりに**女三の宮**の異母姉・**落葉の宮**と結婚したりと、だんだんとようすがおかしくなっていく。

手紙を見た光源氏がほめるほどの実力！

玉鬘を異母姉と知らない**柏木**から送られてきた求婚の手紙を見て、**光源氏**は、「文字も上手で、和歌もしゃれている」とほめた。

恋を成就させよう！

告白がうまくいくおまじない

平安時代も現代も好きな人に気持ちを伝える告白は人生のビッグイベント。このおまじないであなたも玉鬘のようなモテモテ女子になれちゃうかも♡

夏の告白を成功させるおまじない

レモンやグレープフルーツの香りのコロンを用意して、水色のハンカチに少しだけつけるよ。告白の日、出かける前に玄関で、カレのことを思い浮かべて香りをかぎながら3回深呼吸をしてみよう！

冬の告白を成功させるおまじない

告白する日の3日前から、毎日夕方の18時6分に、スケジュール帳やカレンダーの日付をハートマークで囲むよ。そのとき、「愛の神さま、力を分けて」と唱えると愛のパワーが宿るかも！

二十五帖

外伝

蛍（ほたる）

夏の夜、蛍の宮が見た玉鬘の姿

あらすじ

蛍の光に照らされる美しき姫の姿

光源氏は**玉鬘**にひかれつつも、**蛍の宮**との恋をすすめるなど、どっちつかずの態度をとっていました。

ある日、**玉鬘**と話せるチャンスを手に入れた**蛍の宮**は、うきうきと六条院にやってきます。**光源氏**はあるいたずらを思いつき、実行。夕方に捕獲しておいた蛍を、夜に**玉鬘**の部屋に放したのです。光に照らされた**玉鬘**の姿を見た**蛍の宮**は、ますます**玉鬘**を好きになっていきました。

長雨が続き、やることのない六条院では物語が大流行。物語を読むことが少なかった**玉鬘**は夢中になります。**光源氏**は、**明石の姫君**には継母が娘をいじめるような物語は読み聞かせないようにと注意するのでした。

一方、**玉鬘**のじつの父である**頭の中将**は、消えた撫子の女（**夕顔**）との子を探していました。占い師に「生き別れた娘がだれかの養女になっている」と言われるものの、**玉鬘**が自分の娘だとは思いもしないのでした。

主な登場人物

光源氏
36歳。**玉鬘**に夢中になる若者の反応を見るのが最近の楽しみ。

玉鬘
22歳。**蛍の宮**のことは好きでもきらいでもない。

蛍の宮
玉鬘を一途に想う、**光源氏**の異母弟。

二十六帖

外伝

常夏（とこなつ）

頭の中将が見つけたおてんば娘が話題に

弘徽殿の女御も中宮になれず雲居の雁は夕霧がいいと譲らない

ほかにわたしの娘はいないのか!?

柏木↓

父上！妹を見つけました！

近江の君です

がーっはっは

なんかちがう…

あらすじ

娘に手を焼く頭の中将

ある夏の暑い日、光源氏は夕霧といっしょに六条院の釣殿ですずんでいました。そこに、頭の中将の息子たちがやってきて、雑談をはじめます。一番の話題は、最近頭の中将が引き取ったという娘・近江の君のこと。夕霧との恋により、東宮の妃候補から外れた雲居の雁の代わりにしようと見つけ出したものの、早口で品がないようすに頭の中将が手を焼いていると聞いた光源氏は、いつまでも夕霧と雲居の雁の結婚を許さない腹いせに、皮肉を言うのでした。

一方、玉鬘は、父と光源氏の仲が悪いことを知り、落ち込みます。光源氏も、いつかは玉鬘と頭の中将を会わせなくてはならないと思いながらも、「いっそ自分の恋人にしてしまいたい……。でも、玉鬘の幸せを考えるとほかの男と結婚させたほうがいいだろう。そうしたらこの恋心も消えるかもしれない」と、頭を悩ませるのでした。

主な登場人物

光源氏
36歳。

玉鬘
22歳。父と光源氏の不仲を知り、落ち込む。

頭の中将
見つけ出した娘に手を焼く。

近江の君
頭の中将が見つけた娘。素直だが、早口で品がない。

二十七帖

外伝

篝火（かがりび）

親子のようで違うふたりの関係

す――…
本当の父でもなければ恋人でもない
不思議な関係もあるものだな…

あらすじ

源氏に引き取られた幸せを改めて思う

頭の中将が見つけ出してきた娘・**近江の君**は宮中にいる異母姉・**弘徽殿の女御**に仕えるようになり、宮廷内でもうわさのまとに。そのことを知った**玉鬘**は「自分もじつの父に引き取られていたら、**近江の君**のように恥ずかしいうわさが流れていたかもしれない」と感じ、**光源氏**に引き取られてよかったと思い直します。最初は、とつぜん自分への恋心を伝えてきた**光源氏**に困り果てていた**玉鬘**でしたが、むりに関係を進めてこないようすに安心し、今では心を許すようになっていました。ふたりは琴をまくらに横になりながらゆったりとした時間を過ごします。

光源氏は、夏の町で琴や笛を吹いて遊んでいた**夕霧**と**柏木**たちを呼び、**玉鬘**にも聞こえるように演奏をさせます。異母姉とは知らない**柏木**は、美しい**玉鬘**に聞かせる演奏に緊張ぎみ。一方の**玉鬘**は、異母弟・**柏木**の父譲りの演奏に感動するのでした。

主な登場人物

光源氏
36歳。

玉鬘
22歳。**光源氏**に心を許しはじめる。

柏木
異母姉とは知らない**玉鬘**の前での演奏に緊張。

夕霧
15歳。**玉鬘**を異母姉だと思っている。

これができたら超モテモテ!?

貴族の女性のたしなみ

平安時代の女性は「頭がよくて勉強ができる」「運動神経がばつぐん」といった才能ではなく、とにかく「芸術的でセンスがいい」ことがモテる秘けつ。「ステキな女性」と思われるためにさまざまな努力を重ねていたよ。

楽器がひける

楽器が演奏できることは、貴族の女性にとって重要なスキルのひとつ。特に弦楽器が人気で、六弦の「和琴」、十三弦の「箏」、七弦で格の高い「琴」があった。儀式などの発表の場で演奏するだけでなく、家でも日常的に演奏していた。

キレイな文字が書ける

手紙のやり取りから恋がはじまることも多く、上品で美しい文字が書けると「ステキな女性」と思われた。文字は、今と同じく1文字ずつ書く「放ち書き」の練習からはじめて、だんだん続けて書く「くずし文字」がキレイに書けるように練習をしていった。

和歌がよめる

和歌が上手なことは、モテる女の必須条件。10歳ごろになると、有名な和歌を書き写して仕組みを勉強した。ラップのように2つの意味をかけたり韻を踏んだりするので、習得するのは一苦労。

裁縫ができる

当時、着物はお店で買うのではなく、それぞれの家でつくっていたので、布を染めたり裁縫が上手な女性は高く評価されたそう。美しさだけでなく、手際のよさや縫うスピードも評価対象になった。

二十八帖

外伝

野分（のわき）

台風の日に見た美しい人

あらすじ

夕霧、紫の上の美しさに見とれる

美しい花が咲く秋のとある日、六条院を激しい台風がおそいました。**光源氏**を訪ねてきた**夕霧**は、庭のようすを心配して出てきた**紫の上**の姿を見てしまい、美しさに目をうばわれます。**光源氏**は、自分と**藤壺**のようなことが起こらないようにと、**紫の上**を**夕霧**からかくし続けてきたのですが、ぼんやりとした**夕霧**のようすに、**紫の上**の姿を見られてしまったことを察するのでした。

翌日、**夕霧**は**光源氏**といっしょに六条院の女性たちのもとへ台風のお見舞いに向かいます。**玉鬘**をじつの異母姉だと疑っていない**夕霧**は、**玉鬘**の姿が気になり、ちらりと部屋の中をのぞきました。そこで見たのは、**光源氏**が**玉鬘**を抱き寄せている姿。**夕霧**はふたりの親子とは思えない仲のよさにおどろきます。

そのあと、無性に**雲居の雁**が恋しくなった**夕霧**は、**明石の姫君**に文具を借り、手紙を書くのでした。

主な登場人物

光源氏
36歳

夕霧
15歳。ぐうぜん**紫の上**の姿を見てしまい、美しさに心ゆさぶられる。

紫の上
28歳。**夕霧**に見られたことには気づいていない。

二十九帖

外伝

行幸（みゆき）

玉鬘、父と待望の再会

なに!? 玉鬘の君が わたしと夕顔の 娘!?
ああ… 知らせるのが 遅くなって すまない…
いや いいんだ…
あの子が無事で いてくれたのなら 本当によかった…

あらすじ 真実を打ち明け再び親友に

12月、**冷泉帝**の大原野への行幸※が行われ、**玉鬘**はその行列を見物に行きました。**光源氏**にうりふたつの**冷泉帝**の美しさに感動し、以前から**光源氏**にすすめられていた、尚侍としての宮仕えを前向きに考えるようになります。同時に父・**頭の中将**や**蛍の宮**、**髭黒の大将**の姿も目にし、顔中ヒゲだらけで色黒な**髭黒の大将**は好きにはなれないと思うのでした。

一方、**夕霧**の祖母である**大宮**は病気をわずらい、寝込んでしまいます。**夕霧**は毎日昼と夜に2回、**大宮**の住む三条院に通い、せっせと看病をしていました。**大宮**にもしものことが起こる前に、**玉鬘**が本当は**頭の中将**の娘であることを打ち明けるべきだと考えた**光源氏**は、**頭の中将**を呼び出し、真実を話します。**頭の中将**はおどろくも、**玉鬘**を引き取ってくれていた**光源氏**に感謝をし、ふたりは昔のように仲よく酒をくみかわすのでした。

※行幸：帝が宮中から外出すること。

主な登場人物

光源氏
36～37歳。

玉鬘
22～23歳。
冷泉帝の美しさに感動する。

頭の中将
玉鬘が**夕顔**と自分の子だと知る。

三十帖

外伝

藤袴（ふじばかま）

激しさを増す玉鬘争奪戦

あらすじ

宮仕えが決まり不安を抱える玉鬘

尚侍として**冷泉帝**に仕えることが決まった**玉鬘**。しかし、中宮・**秋好**は**光源氏**の養女で、**弘徽殿の女御**は異母姉妹。もし帝に気に入られて、ふたりのうらみを買うことになったらと思うと、不安でいっぱいでした。

そんな中、**玉鬘**のもとへ**夕霧**が**光源氏**の使いとして訪れます。きょうだいではないと知った**夕霧**は、藤袴の花を差し出して**玉鬘**に好意を伝えますが、**玉鬘**は応じませんでした。

その後、**夕霧**は、**光源氏**に**玉鬘**との関係をたずねます。**光源氏**はごまかしつつ、そろそろ本気で**玉鬘**をあきらめなくてはいけないな……と自分を見つめ直すのでした。

一方、宮仕えを前にして、**玉鬘**のもとには求婚者からたくさんの手紙が届きます。特に**髭黒の大将**は熱心で、**頭の中将**に「結婚させてほしい」とお願いするほど。しかし**光源氏**は、**髭黒**を**玉鬘**の結婚相手としてあまりよくは思っていないのでした。

主な登場人物

光源氏
37歳。

玉鬘
23歳。尚侍として**冷泉帝**に仕えることが決まる。

夕霧
16歳。**玉鬘**にアプローチしてみるも玉砕。

髭黒の大将
玉鬘に猛アプローチ中。

三十一帖

外伝

真木柱（まきばしら）

玉鬘の結婚相手はまさかの人物!?

光源氏
37～38歳。

玉鬘
23～24歳。
髭黒との結婚に落ち込む。

髭黒の大将
玉鬘との結婚に有頂天。

真木柱
髭黒の娘。父と離れ離れになり悲しむ。

帝に仕えるなんてダメだ！
ヤダと言われても3日間通うぞ！
ウガあ
わたし的には全然おっけー
仕方ない髭黒と結婚させるか…
どうしてこんなことに…!!

あらすじ

意外とリアルな玉鬘物語の結末

玉鬘を手に入れたのは、なんと**髭黒の大将**。どうしても玉鬘と結婚したかった**髭黒の大将**は、玉鬘の侍女を丸め込み、むりやり結婚してしまったのです。**玉鬘**は、一目見たときに好きになれないと思った**髭黒**との結婚に、ひどく落ち込みます。

一方、**髭黒の大将**は妻との関係に問題を抱えていました。**髭黒**の妻は美しい女性でしたが、もののけにとりつかれてから、ようすがおかしくなってしまったのです。

ある日、もののけにとりつかれた妻が、**髭黒の大将**に香炉の灰をあびせるという事件が起き、妻は子どもを連れて実家にもどることに。**髭黒**がかわいがっていた娘・**真木柱**もいっしょに連れて行かれてしまいました。

翌年、**玉鬘**は尚侍として宮仕えを開始。しかし、嫉妬した**髭黒の大将**によってすぐに在宅勤務にさせられてしまいます。しばらくして、**玉鬘**はかわいい男の子を産むのでした。

平安時代から災害が多い日本

台風や火事は神さま仏さまのたたり

「野分」とは、秋に吹く暴風という意味で、台風のこと。強風でドアが半開きになったり、屏風がたたまれていたことで、紫の上の姿を見ることができて夕霧としてはラッキーだったけれど、当時、台風などの災害は一大事だったよ。

災害のときにお見舞いする習慣があった

台風や大雨、大雪などのときには、男性は家族や恋人などの親しい女性に手紙を出したり、訪問する習わしがあった。野分のときにお見舞いがないと「ほかの女性のところに行っていたの？」と嫌味を言われることもあったそう。

ぼくも、三条に住む大宮のおばあちゃんが心配で泊まりにいったんだ。

『源氏物語』の中で起こる災害

嵐（雷）	心配して朧月夜の父親がお見舞いに来る
暴風雨	雷が落ちて光源氏の仮住まいが火事に
台風	六条院の垣根や屋根が壊れる
火災	光源氏の異母弟の八の宮の家が焼失
火災	女三の宮が住む三条宮が焼失

災害が多かった平安時代

激しい雷や地震などは、「たたり」と考えられ、たたりを鎮めるための神社もたくさんつくられた。また、放火や不注意による火災もたびたび起こった。今よりも建物がもろく、災害対策も十分でない平安時代。ひとたび災害や火事が起こると復興に長い時間がかかった。

わたしが宮仕えしていた内裏も、じつは一条にある仮の建物。本当の内裏は、大火事で焼失して復興中だったよ。

黒いヒゲがトレードマーク
髭黒の大将

人物像
力技で玉鬘を手に入れる

ヒゲが濃く、色黒。妻は**紫の上**の異母姉で、不仲。**光源氏**は妻の実家とうまくいっていないようすの**髭黒の大将**を見て、結婚したら**玉鬘**だけでなく、**紫の上**も気まずい思いをするだろうと思い、**玉鬘**の結婚相手としては微妙だと考えていた。

妻にとりついたもののけの正体は？

ストレスによるパニックも、当時はもののけのしわざとされていた。妻は、若い玉鬘にほれこむ夫にストレスを感じていたのかも。

登場する巻
「胡蝶」から「竹河」までたびたび登場。

日和見主義な紫の上の父
式部卿の宮

人物像
光源氏一家とのみぞは深まるばかり

藤壺の兄で、**紫の上**の父。**髭黒の大将**の妻の父でもある。「若紫」巻では**兵部卿の宮**という名前で登場。**光源氏**と**紫の上**の結婚後は、源氏一家と親しくしていたが、**右大臣**の勢力が大きくなると冷たくあたるようになり、親交はとだえた。

若紫の居場所を知らなかった!?

光源氏は**式部卿の宮**に伝えずに**若紫**を引き取ったため、結婚の知らせが届くまで、乳母が**若紫**を連れて逃げたのだと思っていた。

登場する巻
「若紫」から「若菜下」までたびたび登場。

三十二帖

梅枝（うめがえ）

明石の姫君、ついに入内へ

明石の姫君は11歳になり女子の成人式である裳着を行うことになりました

姫君にはどの香りが一番似合うだろう？

紫たちにつくってもらったんだ

腰結いは秋好に頼もう！

いつか秋好のようなステキな中宮になってほしいという願いをこめて…

まあ立派になって…

とてもきれいよ

主な登場人物

光源氏
39歳。

明石の姫君
11歳。裳着を終え、もうすぐ東宮（のちの今上帝）の妃になる。

夕霧
18歳。縁談をすすめられるも断る。

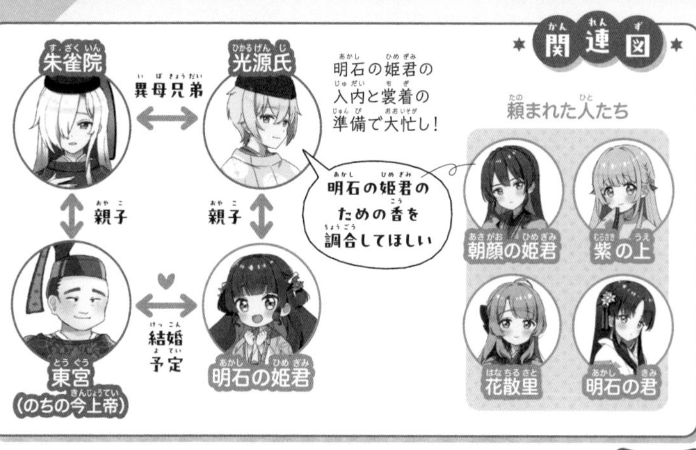

あらすじ

姫君の裳着　夕霧の恋のゆくえ

六条院は、東宮への入内を控えた**明石の姫君**の裳着の準備で大忙し。**光源氏**は、親しい女性たちに**姫君**のためのお香の調合を頼みます。お香が完成したあと、異母弟の**蛍の宮**に一番いい香りを決めるように言いますが、どれもすばらしく、一番を決めることはできませんでした。

裳着の腰結※は、**秋好**が務め、盛大な儀式となりました。

そんな**明石の姫君**の入内準備のうわさを聞いた**頭の中将**は、**夕霧**との一件が広まり、今さら入内もできない**雲居の雁**をかわいそうに思います。

一方、**光源氏**はなかなか結婚しない**夕霧**を心配し、ほかの姫との縁談を持ちかけますが、**雲居の雁**を忘れられない**夕霧**はその話を断ります。

ところが、**雲居の雁**に届いたのは、「**夕霧**の結婚が決まりそう」といううわさ。ショックを受けた**雲居の雁**は**夕霧**を責める手紙を送りますが、心当たりのない**夕霧**はその内容に首をかしげるのでした。

もっとくわしく

頭の中将は夕霧とのことをどう思っているの？

悲しむ娘を見ると胸が痛むものの、今さら自分から折れるのもしゃく。結婚にあせるそぶりも見せない夕霧に、こんなことならはじめから結婚の申し出を受けていればよかった……と思っているようす。

※腰結：はじめて裳をつける裳着の儀式で、腰の裳の紐を結ぶ人のこと。

貴族たちのトップシークレット
個性が光るお香のつくり方

明石の姫君の嫁入り道具として、お香を持たせることにした光源氏は、信頼できる女性たちにお香を調合させ、競わせた。当時、お香づくりは貴族のたしなみで、調合のレシピは、どんなに仲よし夫婦でもおたがい秘密にしあったんだって！

お香の材料

香りがする材料を鉄製の臼で細かく砕いてからふるいにかける。香りのもとは高級品でなかなか手に入らず、ほとんどが輸入品。できた粉を、配合を考えて混ぜ合わせ、はちみつやアマヅラを使ってまとめた。

香りのもとの例

沈香	ジンチョウゲ科の木。お寺でよく使われる神聖な感じのにおい。
丁子	チョウジのつぼみを乾燥させたもの。歯医者さんでかぐにおい。
麝香	オスのジャコウ鹿のおなかからとれる。甘くて大人っぽいにおい。
龍涎香	マッコウクジラの腸からとれる。ほんのり甘い複雑なにおい。

当時使われていた香りのもとは、今では、漢方薬の材料だったり、スパイスとして手に入るものもあるよ。機会があったら、かいでみてね！　自分の好きなにおいが見つかるかも!?

土の中で熟成させる

混ぜ合わせて丸めた香りのもとを、ツボに入れ地面に埋めて熟成させる。どれくらい熟成させるかは、季節や分量によって変わる。雨が降ったり湿気がある季節のほうが、香りが強くなる。十分熟成できたら、完成！

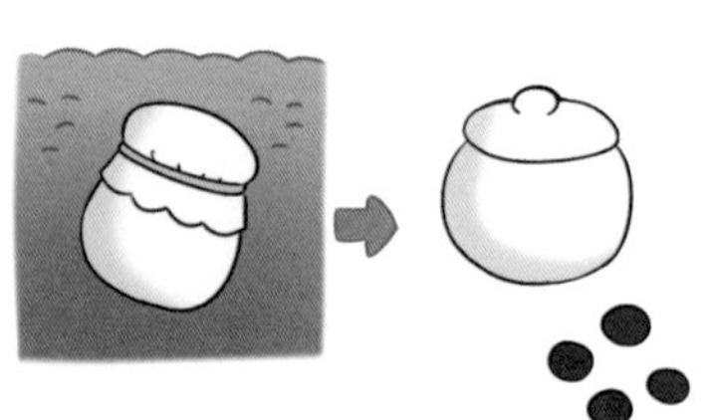

それぞれの女性がつくった香り

練香には、有名な「六種の薫物」という6種類の香りがあり、**明石の君**以外の3人は有名な六種の薫物をベースにしてつくった。**明石の君**は自らの身分の低さを考えてか、スタンダードな六種の薫物を避け、知識と工夫で勝負した。

朝顔の姫君の「黒方」

- 渋味と甘みのある香り
- 古典的で正式で格の高いお香
- ひときわしっとりしていて、おくゆかしい雰囲気

紫の上の「梅花」

- 梅の花の香りに似ている
- 現代風で若々しい雰囲気
- すこし珍しい香りを加えて新鮮さをプラス

花散里の「荷葉」

- 蓮の花のような香り
- つつましやかで心休まる香り
- 個性を出しすぎず、懐かしさを感じる配合に

明石の君の「百歩の方」

- 「百歩のずっと先まで香る」という意味
- ほかの3人のように空間に焚くタイプのお香ではなく、布に染みこませるタイプのお香を選んだ

「香り」と平安貴族

お風呂になかなか入れなかった平安時代。体臭を消すためにも、貴族にとってお香はとても大切なものだった。香りをつける方法として、焚いているお香に籠をかぶせて、その上に着物を乗せ、香りを染みこませる方法があった。通りすぎたあと、ふんわりとよい香りが漂うよう工夫していたのだ。この香りの「焚きしめ」は、粋な男性の外出時のマナーで、妻が行った。

紫の上は、**女三の宮**のもとに出かける**光源氏**の衣服の焚きしめを複雑な気持ちで行っていた。また、**髭黒の大将**に妻がかけた灰も、この焚きしめで出た灰。**玉鬘**に会いに行く**髭黒**のため、服に香りをつけていたのだった。

三十三帖

6年越しの恋の実り

藤裏葉（ふじのうらば）

主な登場人物

光源氏
39歳。

夕霧
18歳。雲居の雁との結婚を許される。

雲居の雁
20歳。夕霧と無事結婚。

明石の姫君
東宮へ入内。

頭の中将によって引き裂かれた雲居の雁と夕霧

夕霧がほかの女性と結婚？
そんなの娘がかわいそうすぎる…！

しかし、夕霧に結婚話が出ていると聞き頭の中将は悩んでいました

雁は夕霧以外と結婚するつもりはないみたいだし…

いまさら許すのはしゃくだがこれも雁のためだ…

これ父上から

「話したいことがあるのでわが家の藤の花の宴にぜひ来てください」

これって!?

藤の花の宴にて――

今まで反対して悪かったな夕霧
どうか雲居の雁を幸せにしてやってくれ
…あっ
ありがとうございます!!
雁…!
遅くなってごめん
結婚しよう!!
夕霧…!
ほんとに迎えにきてくれたのね!
一方 明石の姫君も東宮への入内が決まり…
明石の君は姫君とずっと離れ離れで暮らしていて
とてもさみしい思いをしてきたはず…
宮中へ行ったらますます会えなくなってしまうわ

明石の君
姫をあずけてくれて
ありがとうございました
これからは
あなたが姫を
支えてあげて
ください
紫の上さま…
ありがとう
ございます！
お母さま…！
姫君…！
大きくなって
わたしには
こんな美人な
お母さまが
ふたりもいるなんて
最高ね！
明石の君は娘の
姫君と再会
お世話係として
いっしょに宮中に
行くことになりました
光源氏は40歳目前で
准太上天皇という
上皇に次ぐ位をさずかります
光る君
あなたは天皇や
上皇と同じほど
立派な方です
ありがとう
ございます…！
息子である
冷泉帝は天皇に
娘である
明石の姫君は
東宮の妻に
そして自身も
皇族にもどった
光源氏
みんなが幸せに
なったのです

関連図

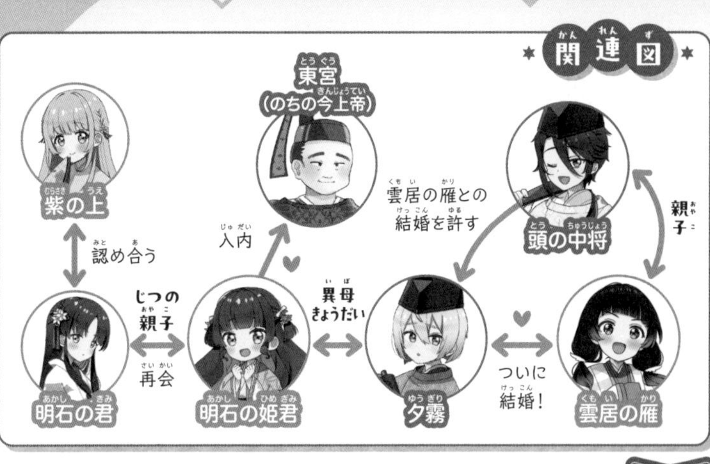

あらすじ

夕霧と雲居の雁、ついに結婚！

夕霧は、ずっと雲居の雁を恋しく思っていました。一方の頭の中将は、雲居の雁の幸せを考え、ようやく結婚を許すことを決めます。

ある日、夕霧のもとへ、頭の中将の屋敷で開催する藤の花の宴への招待状が届きます。もしかして結婚の許しをもらえるのだろうかとドキドキしながら光源氏に報告すると、光源氏は頭の中将の真意を察し、夕霧にいい服を着せて送り出しました。

藤の宴で頭の中将と夕霧は酒をくみかわし、結婚の許しをもらいます。その夜、雲居の雁と夕霧は約6年ぶりに再会を果たすのでした。

そして、明石の姫君もようやく東宮に入内。紫の上は、これまでとてもさみしい思いをさせてしまったからと、明石の君を宮中での姫君の世話係にすすめます。明石の君と紫の上ははじめて対面し、おたがいを認め合いました。光源氏は、秋に准太政天皇としての地位をさずかり、栄光の絶頂に立ったのでした。

もっとくわしく

天皇でも臣下でもない「准太政天皇」の地位

太政天皇とは上皇のことで、准太政天皇は、上皇に準ずる地位。光源氏は子どものころ、「天皇になれば国が乱れるが、臣下の相でもない」と占われて、そのとおり天皇ではないが、臣下を超えた地位になった。

ドキドキ平安心理テスト 3

『源氏物語』の登場人物ならだれ？あなたの理想の恋の相手

夜の学校にひとりで閉じ込められてしまった!?
脱出ゲーム風のテストにチャレンジして、『源氏物語』のキャラクターの中からあなたにぴったりの恋の相手を占っちゃおう♪

Q1 図書室で本を読んでいたあなた。気づかないうちに下校時刻が過ぎてしまい、ひとりきりで閉じ込められちゃった！　これからどうする？

- 先生が残っているかも！職員室に行く ➡ Q2へ
- まだ鍵が開いているかも！昇降口に走って行こう！ ➡ Q3へ

Q2 職員室までやってきたあなた。でも先生たちはだれもいない。ふと目の前の机を見ると、あなたの通知表と、今度のテストの問題が書かれたプリントが！

- 自分の通知表をちょっとだけ見て、職員室を出る ➡ Q3へ
- 今度のテストの内容をちょっとだけ見て、職員室を出る ➡ Q4へ

Q3 昇降口にやってきたあなた。でも鍵は閉っていて、完全に閉じ込められてしまったみたい……。今のあなたの気持ちは？

- 「もうどうでもいいや」と自暴自棄になる ➡ Q5へ
- 教室に置きっぱなしの荷物が心配…… ➡ Q7へ

Q4 自分の教室にもどってきたあなた。だけど教室は電気がつかないみたい。これからどうする？

- ベッドで眠るために保健室に行こう ➡ Q5へ
- 自分の机で朝になるまで寝よう ➡ Q6へ
- めったにない機会だから、教室を出て散策しよう ➡ Q7へ

Q5

保健室にやってきたあなた。しかし保健室の窓にかかっているカーテンには、なんと大きな影が映っているよ。あなたはどうする？

怖いけど、朝まで保健室のベッドで休む➡Q6へ

保健室を出て、電気がつく明るい部屋を探す➡Q7へ

Q6

寝ていたあなたの夢の中に魔法使いが現れた！「一番欲しい才能が磨ける教室まで、ワープさせます」と言われたよ。

絵の才能が欲しいから図工室➡Q8へ

歌が上手くなりたいから音楽室➡Q9へ

家事力を磨きたいから家庭科室➡Q10へ

Q7

突然、コツコツコツと後ろから足音が聞こえてきた！　怖くなったあなたは走ることに。さぁ、どこまで逃げる？

あえて一番遠い図工室へ行こう➡Q8へ

一番近い音楽室に行こう➡Q9へ

なんとなく家庭科室に行ってみよう➡Q10へ

Q8

図工室に到着したあなた。だんだん空が明るくなってきたよ。門の鍵があくまで図工室で何をして過ごす？

バルコニーへ出て、絵の具で朝焼けを描こう➡Aへ

書棚の画集を見ながら模写を始めよう➡Bへ

Q9

音楽室にたどり着いたあなた。怖さをまぎらわせるためにピアノを弾いてみることに。どんな曲にチャレンジする？

メロディがすてきなアニメソング➡Cへ

だれもが聞いたことがあるクラッシック➡Dへ

Q10

家庭科室にたどり着いたあなた。そこには料理の材料や、裁縫セットなどが準備されていたよ。あなたは家庭科室で何をする？

よ～し！　おいしいクッキーづくりに挑戦！➡Eへ

朝までコツコツ刺繍をやってみよう！➡Fへ

いる恋の相手は？

A 光源氏タイプ

だれもがあこがれる絶対的な王子さま

あなたが好きになるのは、ズバリ、正統派の王子さまタイプ。イケメン、さわやか、頭脳明晰。おまけに楽器や絵の才能もある、まさに完ぺきヒーロー。同級生のみならず、後輩にも先輩にもファンがたくさん。ひとたびハートを射止めれば、カレはとても大事にしてくれるよ。

カレとの恋愛で気をつけたいポイント

- ♥ 恋に慣れているので、「その気」にさせるのは朝飯前
- ♥ カレと仲よくしているとライバルからねたまれる可能性も
- ♥ 「かまってほしい」と追いすぎると逆に逃げちゃうかも

B 夕霧タイプ

「超」がつくほど奥手で誠実

あなたは何事にも真面目に取り組むカレに、思わずキュンとしてしまうみたい。ただし、いざ両思いになっても、恋はなかなか進展しないかも。でも心変わりしたわけではないからあせらないで。「あなたに似合う、一人前の男になる！」と、心に固く誓ってくれているはず。

カレとの恋愛で気をつけたいポイント

- ♥ 心をつなぎ留めておくため、自分磨きを忘れずに
- ♥ 引きずる性格。言葉選びには気をつけよう
- ♥ たまに強引な一面もあるけど、おどろかないで！

診断 あなたが期待して

すました顔と重い愛のギャップ萌え

文武両道の正統派エリート。気さくで性格もよく、先生や先輩からの信頼もあつくてかわいがられているカレ。普段はクールに何事もそつなくこなしているけれど、恋となると一気に盲目に。一度好きになると、なりふり構わず猛アタックすることも。

カレとの恋愛で気をつけたいポイント

- ♥ あどけない雰囲気の子がタイプみたい
- ♥ ひとたびメンタルが弱ると、想像以上に落ち込む
- ♥ 愛情表現は重め。しっかり愛を返してあげて

不真面目そうだけど、根はいい人

華やかで、いつもクラスの人気者のカレ。一見、チャラチャラして見えるけれど、じつは友情にあつい一面があったり勉強や学校行事など、何事も手を抜かずにきっちりクリアしていく姿に心奪われていくよ。カレの友達と仲よくなることからはじめると、近づきやすいかも!?

カレとの恋愛で気をつけたいポイント

- ♥ ライバルはたくさん! 気持ちで負けないように
- ♥ 「来るもの拒まず」なのでしっかり見張っていて
- ♥ 白黒はっきりつけたい性格で、厳しい一面も

ミステリアスさがドキドキさせる

E
薫タイプ
いっしょにいると落ち着く人が好きかな

あなたが恋に落ちるきっかけは外見とオーラ。超がつくほどイケメンなうえ、カレから放たれる不思議な哀愁にメロメロ。性格は、律儀だけどちょっとひねくれたところがありそう。でも、つき合っていくうちにかわいらしく思えてくるようになるかも……!?

カレとの恋愛で気をつけたいポイント

- ♥ 愁いをおびた陰のある雰囲気にひかれる女子続出！
- ♥ 落ち込んでいるときはそばに寄りそってあげて
- ♥ 別れるときはきっぱりとけじめをつけよう

優しくおだやか、みんなの仲介役

F

朱雀帝タイプ

いつも優しくて、みんなを見守っているカレにひかれるみたい。あまり目立たないけれど、よくよく見ると上品でかっこいいことに、まだだれも気づいていないようす。委員会や生徒会など、学校のために働くポジションをとおして仲を深めていくのがおすすめ。

カレとの恋愛で気をつけたいポイント

- ♥ カレから告白することはめったにないかも
- ♥ 強い言葉で注意をされると落ち込んでしまうことも
- ♥ 好きな人がいても、ライバルに譲ってしまう傾向が

君のこと、いつも想ってるよ

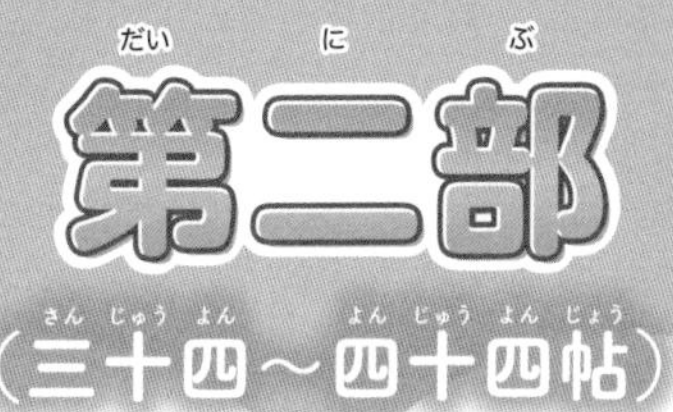

第二部

（三十四～四十四帖）

かげりと苦悩 晩年の物語

朱雀院の娘・女三の宮との結婚をきっかけに、
栄光のすべてを手にした光源氏に再び苦難が訪れるお話。
かつておぼれた藤壺との禁断の恋の罪が
今返ってきて……!?

光源氏

39歳～52歳

相関図

―― 恋人・夫婦関係	―― 親子・きょうだい関係
…… 浮気・不倫関係	---- 不倫による親子関係

桐壺院
故人
故人
四の君
頭の中将
夕顔
葵の上
六条の御息所
雲居の雁
夕霧
光源氏
藤の典侍
柏木
玉鬘
弘徽殿の女御
按察の大納言
秋好
冷泉帝(院)
大君
中の君
蛍の宮

三十四帖

若菜上（わかなのじょう）

女三の宮が光源氏の新たな妻に

出家しようと思っているんだが
娘の女三の宮のことが心配で…

光る君、娘を嫁にもらってはくれないだろうか？

ええっ！

わたしももういい年ですし

いつまで元気で生きてられるかわかりませんよ…

そこをなんとか…

はっ

たしか女三の宮さまは藤壺さまのめい…

わかりました
わたしでよければ精一杯お世話いたします！

あっ
ありがとう！

主な登場人物

光源氏
女三の宮と結婚。

朱雀院
42～44歳。出家をする。

女三の宮
13・14～15・16歳。光源氏へ嫁ぐ。

柏木
23・24～25・26歳。女三の宮にほれ込む。

女三の宮さま…わたしよりも身分の高いお方…
紫の上は傷つきつつも一家のためにがんばり女三の宮と仲よくなります
今までは殿の一番でいられたけど…
一方前から女三の宮に好意を寄せていた柏木は
光源氏が女三の宮よりも紫の上を大切にしているといううわさに腹を立てていました
俺だったらきっと女三の宮さまを幸せにできたのに！
まぁまぁ…
そんなある日…
きゃー!っ
ふふふ
蹴鞠遊びもつかれたな少し休むか
猫!?
ばっ
女三の宮さま…!?
ドキン
女三の宮

あらすじ

一番の妻の座をうばわれた紫の上

朱雀院※は、体調をくずしたことをきっかけに、出家を考えはじめます。ただ、ひとりぼっちになってしまう娘・**女三の宮**のことが心配で、だれか頼れる人に嫁がせようと、**光源氏**に結婚の提案をしてみることに。親子ほど年が離れているうえ、最愛の**紫の上**がいる**光源氏**はその話を断りますが、**女三の宮**が**藤壺**のめいだということもあり、最後には縁談を受けることを決めます。

絶望したのが**紫の上**。帝だった**朱雀院**の娘という、最高の身分の女性が来たら、**紫の上**より尊重されるのが当たり前だったからです。

しかし、六条院に引っ越してきた**女三の宮**は、**藤壺**には似ても似つかない、幼くぼんやりとした性格で、**光源氏**はがっかりするのでした。

そして、六条院で蹴鞠が開催されたある日のこと、**柏木**はぐうぜん**女三の宮**の姿を見てしまいます。この瞬間から、**柏木**の運命の歯車はどんどん狂いはじめていくのでした。

もっとくわしく

一族の繁栄を知った明石の入道、山へ

明石の姫君に息子が生まれたという知らせを聞いた**明石の入道**は、昔見た夢（**明石の君**とその子孫に栄光が訪れることをほのめかす夢）のお告げがかなったと喜び、俗世から離れて山にこもった。

※朱雀院：朱雀帝のこと。位を譲ったあとの帝は、「〇〇院」と呼ばれた。

女三の宮

家族構成

〈父〉朱雀院
〈夫〉光源氏
〈息子〉薫

登場する巻

「若菜上」から「蜻蛉」まで登場。

人物像

愛されて育った幼く頼りない姫

朱雀院の娘で、**光源氏**の新しい妻。**紫の上**と同じく**藤壺**のめいにあたるが、幼稚で頼りない性格で、**藤壺**のようなかしこい女性を期待していた**光源氏**はがっかりする。形式的には大切にされたが、**紫の上**よりも愛されることはなかった。**光源氏**の留守中に部屋に忍び込んだ**柏木**によって妊娠。**薫**を出産する。

どうして柏木に姿を見られてしまったの？

不用心にも庭の近くに出ていたため、飼っていた猫があばれまわって御簾が引き上げられたとき、丸見えになってしまった！

三十五帖

まるで因果応報？ 若菜下（わかなのげ）

主な登場人物

光源氏
41～47歳。

女三の宮
15・16～21・22歳。柏木の子を妊娠。

柏木
25・26～31・32歳。女三の宮に恋焦がれる。

紫の上
33～39歳。病に倒れ、危篤に。

女三の宮さまの猫も
手に入れた

女三の宮さまの
姉である落葉の宮
とも結婚した…

でもやっぱり
違う…

彼女じゃ
なければ
ダメなんだ…

一方
紫の上は…

わたし…出家
したいと思って
いるんです

ダメだ！
出家したらもう
会えなくなるんだよ
わたしはあなたと
ずっといっしょに
いたい…！

わたしは殿にとって
必要な女性…？

当たり前だよ！
葵の上とはしっくりいかなかったし
六条の御息所さまは立派すぎてつかれてしまう人だった
あなたほど安らげる人はいないんだ！
…ありがとう
殿
今まで色んな女性と出会ってきた
でも
女三の宮さまは若くて身分も高くこれから花開く方
あなたの愛もいずれは女三の宮さまに…
その夜紫の上は病に倒れます
紫…！
う…
この女の心をつなぎとめるために
わたしをダシにしましたね…
六条の御息所さま!?

ゆるせない…
ガクッ
殿…？
紫!!
紫…！
よかった…！
光源氏が紫の上の看病にかかりきりになっている間に
柏木は女三の宮のところへ忍び込みます
あの日見たときから…
いやあの日見る前からあなたのことを愛していました！
だれ!?
いや！
帰って!!
最近は紫の上の看病でずっと会ってないのに
今になって懐妊…？
三の宮体調は大丈夫ですか？

ゆっくり休んでくださいね
…はい
手紙？
柏木から…？
まさか
おなかの子どもは柏木の子か…!?
柏木ふぜいがわたしの妻に手を出すとは
ずいぶんなめられたものだな…！
ギリ…
姫宮さま柏木さまからの手紙は…!?
さきほど殿が似たような色の手紙を持っていましたが
源氏の君にバレた!?

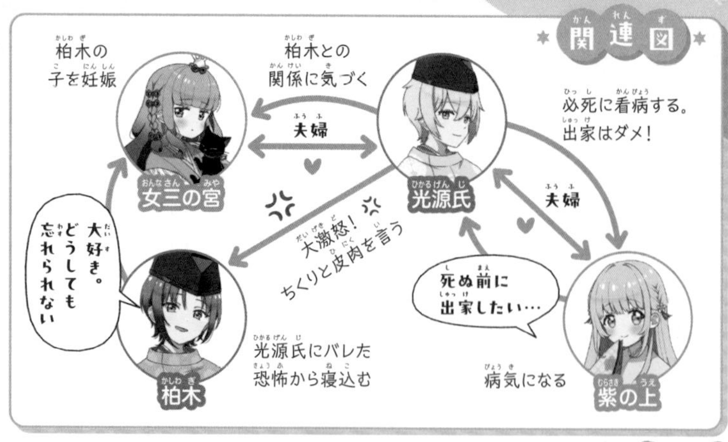

あらすじ

女三の宮への恋心を消せなかった柏木

柏木は、**髭黒**の娘・**真木柱**との結婚を持ちかけられても、見向きもせず、**女三の宮**の姿を見るきっかけになった猫を手に入れて、**女三の宮**への恋心をまぎらわせていました。

４年後、**冷泉帝**が譲位し**明石の姫君**の息子が東宮になります。しかし、**柏木**はまだ独身のまま。見かねた周囲が、**女三の宮**の異母姉・**落葉の宮**と結婚させますが、**柏木**が**落葉の宮**を愛することはありませんでした。

そんなある日、**紫の上**がとつぜん病に倒れます。**光源氏**は住み慣れた二条院へ移して必死に看病しますが、一向によくなりません。**紫の上**は、死ぬ前に出家をしたいと望みますが、**光源氏**は許しませんでした。

一方、**光源氏**が**紫の上**につきっきりだと聞いた**柏木**は、ついに**女三の宮**の部屋へと忍び込み、想いを伝えます。やがて**女三の宮**は懐妊。**光源氏**は、**女三の宮**がかくした**柏木**からの手紙を見つけてしまい、おなかの子が**柏木**の子だと知るのでした。

もっとくわしく

六条の御息所の怨霊が再び登場!?

紫の上はこの病で一度危篤状態になっている。これは**六条の御息所**の怨霊のしわざ。**光源氏**が**紫の上**との会話で自分を話題にし、しかも「執念深い人だった」と語ったことに怒ったと書かれている。

幸せになりきれない皇女さま

落葉の宮

人物像

亡き夫の親友に言い寄られ困惑

朱雀院の第二皇女で、**女三の宮**の異母姉。**柏木**と結婚するが、**柏木**の心は**女三の宮**にあり、愛されることなく死別。**柏木**にあとを頼まれた親友・**夕霧**にアプローチされるようになり、断るもあきらめてもらえず、結局**夕霧**と再婚することになる。

登場する巻

「若菜下」から「宿木」までたびたび登場。

夕霧との再婚をいやがった理由

柏木と、**夕霧**の妻・**雲居の雁**は異母きょうだい。悪いうわさになり、ふたりの父である**頭の中将**と自分の父にめいわくがかかると考えたから。

両親の不和の犠牲に

真木柱

人物像

父を慕うも離れ離れに

髭黒の大将の娘。父から愛されて育つも、**髭黒**が**玉鬘**と結婚したことで両親の仲が悪くなり、母とともに母の実家（**式部卿の宮**の屋敷）へ引っ越す。その後、**蛍の宮**と結婚したが、死に別れ、のちに**柏木**の弟・**按察の大納言**と再婚。

登場する巻

「真木柱」から「紅梅」までたびたび登場。

どうして「真木柱」という名前？

屋敷を出ていくとき、もう二度と父と会えなくなることを悲しみ、泣きながら家の真木柱※に別れの和歌をかくしたことから。

※真木柱：ヒノキやスギでできた、家の大きな柱のこと。

三十六帖

柏木（かしわぎ）

次世代の主人公・薫の誕生

女三の宮は無事に息子を出産します

光る君…
わたしをどうか出家させてください

光る君はわたしをもう愛してくれない…！

子どもが生まれたばかりなのに出家なんて！

でも今のわたしは三の宮さまに優しくできない

出家を許したほうが三の宮さまにとって幸せなのかもしれない…

女三の宮は出産のあとに出家をしました

一方柏木は後悔や光源氏への恐怖心で体調をくずしついには亡くなります

夕霧…
俺が死んだら妻を…落葉の宮を頼む
そして源氏の君に許してほしいと伝えてくれ…

柏木！

主な登場人物

光源氏
48歳。

女三の宮
22・23歳。柏木の子・薫を出産。

柏木
32・33歳。光源氏の怒りを買った恐怖で病気に。

夕霧
27歳。病気の柏木を見舞う。

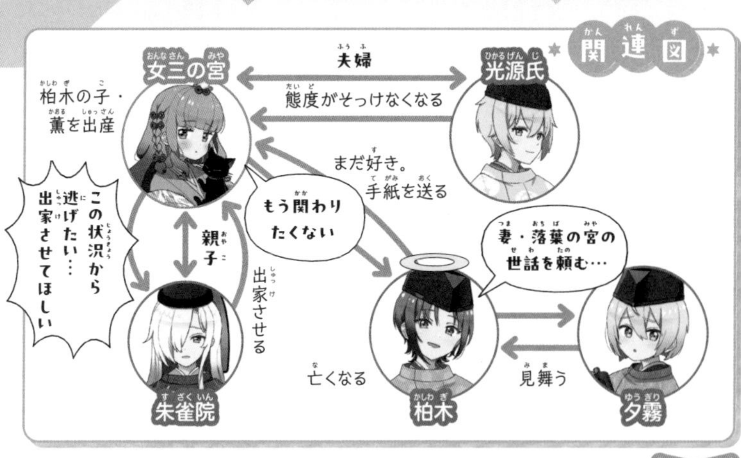

あらすじ

才能豊かな青年柏木の最期

柏木は、**光源氏**に**女三の宮**との一件がバレたと知ると、恐怖のあまり体調をくずし、寝込んでしまいます。

一方、**女三の宮**は**柏木**との子・**薫**を出産。生まれた子と自分に対する、**光源氏**のそっけない態度にたえられなくなった**女三の宮**は、見舞いに来た父・**朱雀院**に頼み込み、出家をしてしまいます。しかし、じつはこの出家は、**女三の宮**にとりついた**六条の御息所**のしわざだったのです。

女三の宮が出家したと聞いた**柏木**は、生きる望みを失い、さらに弱っていきました。そして、**夕霧**に、**光源氏**がある件で自分を許してくれないこと、自分が死んだあとでもいいから許してほしいことを伝えます。そして、残される妻・**落葉の宮**の世話を頼み、息を引き取りました。

夕霧は**柏木**の遺言どおりに**落葉の宮**を訪ねるようになります。

そして3月、**薫**の五十日の祝い（生後50日を祝う行事）が行われ、**光源氏**は**柏木**の死をいたむのでした。

もっとくわしく

柏木を追い詰めた光源氏の「皮肉」

女三の宮と**柏木**の関係を知った**光源氏**は、宴の席で「年をとると涙もろくなるね。ほら、**柏木**がわたしを見て笑っているよ」と、名指しで皮肉を言う。**光源氏**の怒りを肌で感じた**柏木**はおびえ、寝込むように。

三十七帖

横笛（よこぶえ）

柏木の形見の行くすえ

柏木の遺言どおり落葉の宮を訪ねるようになった夕霧

そこで落葉の宮から柏木の形見の横笛を預かります

落葉の宮

その夜夕霧は不思議な夢を見ました

夕霧…

どうかこの笛を俺の子や孫に渡してくれ…

まさか…

柏木に子どもはいなかったはずだが…

女三の宮さまが忘れられなかったみたいだし

父上に許してほしいとも言っていた…

夕霧は光源氏に夢の話をします

その笛は昔柏木の笛の才能をかったある人が贈ったものだよ

わたしが預かっておこう

薫が大きくなったら渡してあげよう…

主な登場人物

光源氏
49歳。

夕霧
28歳。柏木の形見をもらう。

落葉の宮
柏木の妻。未亡人に。

薫
2歳。六条院で育つ。

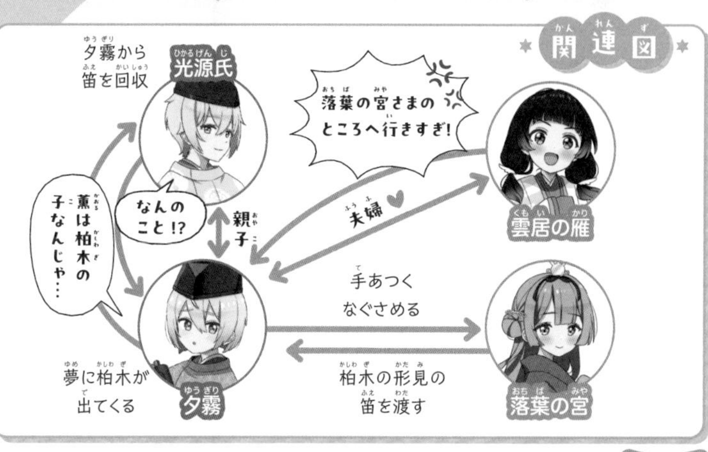

あらすじ

夕霧、真相をはぐらかされる

柏木の一周忌がめぐってきて、**光源氏**は**柏木**を手厚くとむらいます。

一方、**夕霧**は**柏木**の遺言どおり、**落葉の宮**をひんぱんに訪ねていました。そして、ある日、**柏木**が愛用していた笛を形見として受け取ります。

夕霧の妻・**雲居の雁**は、**落葉の宮**のもとへばかり通う**夕霧**に腹を立てていました。その夜、怒る妻にあきれながら**夕霧**が眠りにつくと、夢の中に**柏木**が現れ、「その笛を俺の子や孫に渡してほしい」と話します。

笛をどうするか悩んだ**夕霧**は、**光源氏**に相談することに。**光源氏**の屋敷で**薫**の姿を見た**夕霧**は、**柏木**に似たその顔立ちに衝撃を受けます。

柏木の亡くなる前のようすから、うすうす勘づいていた**夕霧**ですが、これを機に真実を聞き出そうと、**柏木**が「**源氏の君**に許してほしい」と遺言を残していたことを伝えます。

しかし、**光源氏**は真相をはぐらかし、いつか大きくなったら**薫**に渡そうと、笛を預かるのでした。

もっとくわしく

どんどんやわらかくなる 光源氏の薫への態度

生まれたばかりのときは、**薫**にもそっけない態度をとっていた**光源氏**だったが、今ではかわいく感じているようす。「わたしに似ているようにも見える」と、血縁を超えた縁を感じ、我が子として育てた。

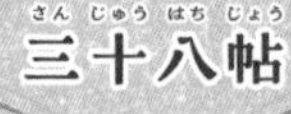

鈴虫（すずむし）

亡き母を案じる秋好の思い

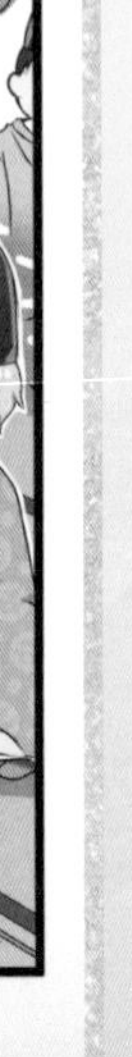

主な登場人物

光源氏
50歳。

女三の宮
24・25歳。六条院を離れたいと思っている。

冷泉院
32歳。退位して光源氏と自由に会えるのがうれしい。

秋好
41歳。母の供養のため出家を望む。

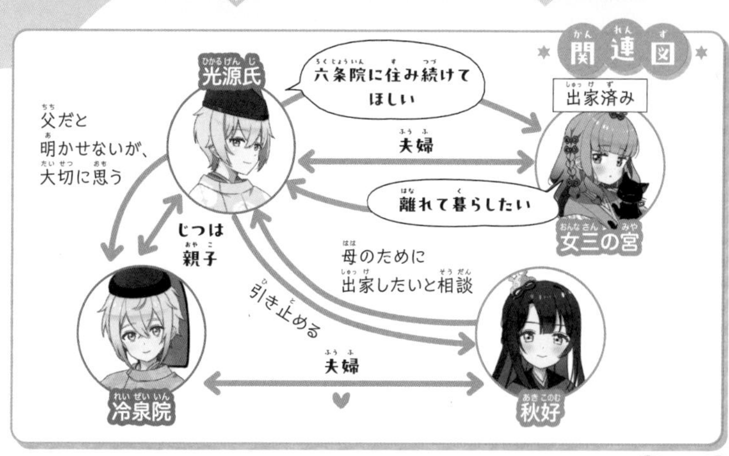

あらすじ

すれ違う光源氏と女三の宮の心

夏、出家した**女三の宮**の持仏開眼供養※が行われました。**光源氏**は仏具を用意したり、**紫の上**は必要なものを縫ったりと、こまごまと手伝いをするのでした。

薫が生まれてから、**光源氏**の冷たさを避けるように出家した**女三の宮**は、**光源氏**と別の家に住みたいと思っていました。しかし、**女三の宮**が出家をしたあとになって、より彼女を大切に思うようになった**光源氏**は、六条院から出て行きたがっている**女三の宮**を引き止めます。

8月15日の夜、**光源氏**や**夕霧**たちが楽器を演奏して楽しんでいると、**冷泉院**から手紙が来て、**光源氏**たち一行は、みんなで**冷泉院**の屋敷へ移動して、月の宴を楽しみました。

帰りに、**光源氏**が**秋好**のもとを訪ねると、**秋好**から、「成仏できずに霊になっている母・**六条の御息所**のために出家をしたい」と打ち明けられます。**光源氏**は今の立場で母を供養するよう、すすめるのでした。

もっとくわしく

親子として想い合う 光源氏と冷泉院

光源氏は、子どもたちをそれぞれかわいがっているが、やはり**冷泉院**を想う心は強い。**柏木**の子・**薫**が生まれ、くしくも父・**桐壺院**と同じ立場になった今、より我が子である**冷泉院**を大切に思うのだった。

※持仏開眼供養：普段身近に置く仏像に魂を吹き込む儀式のこと。

三十九帖

外伝

夕霧（ゆうぎり）

夕霧の新たな恋

あらすじ

柏木の元妻への恋心 雲居の雁の怒り

落葉の宮は、体調をくずした母とともに小野の山荘へ移ります。**夕霧**は、**落葉の宮**へ恋心を告白しますが、**落葉の宮**は拒否。夜明けごろ、**夕霧**はさみしい気持ちで帰りました。

ところが、**落葉の宮**の母はふたりが恋人になったと勘違い。正式な結婚のためには、3日間連続して通う決まり（P.35）なのに、手紙しか送って来ない**夕霧**に、抗議の手紙を送ります。しかし、**夕霧**が読む前に、その手紙は嫉妬した**雲居の雁**にうばわれ、かくされてしまいました。

訪ねても来ないし、手紙の返信もないことに絶望した**落葉の宮**の母は、そのまま亡くなってしまいます。**夕霧**は急いで山荘を訪れますが、**夕霧**のせいで母が亡くなったと思っている**落葉の宮**は返事もしません。夕霧は、そんな**落葉の宮**を連れ出し、むりやり結婚してしまいました。

それを知った**雲居の雁**は怒り、子どもと実家に帰ってしまうのでした。

主な登場人物

夕霧
29歳。**柏木**の遺言にしたがううちに、**落葉の宮**を好きになってしまった。

落葉の宮
故・**柏木**の妻。**夕霧**から求愛される。

雲居の雁
31歳。**夕霧**の本妻。**落葉の宮**への浮気に怒る。

惟光の美しい娘

藤の典侍

人物像

舞姫に選ばれた夕霧の恋人

光源氏の乳母子・**惟光**の娘で、大切に育てられた。顔立ちが美しく、**光源氏**のすすめで五節の舞姫にばってき。**雲居の雁**と引き離され、さみしい思いをしていた**夕霧**に一目ぼれされ、いつのまにか恋人になる。典侍として宮仕えもしていた。

本妻・雲居の雁との仲はわりと良好

本妻・**雲居の雁**が、**落葉の宮**と結婚した**夕霧**に腹を立て実家に帰ってしまったときには、**雲居の雁**に気づかう手紙を送った。

登場する巻

「少女」から「匂宮」までたびたび登場。

もっと知りたい!

夕霧は超子だくさん!

妻や恋人の数は少なめだが、子どもはたくさんいる**夕霧**。**光源氏**の子は**冷泉院**・**夕霧**・**明石の姫君**の3人しかいないのに対して、**夕霧**は**雲居の雁**との間に8人、**藤の典侍**との間に4人も子どもがいた。

当時で妻＆恋人の数が3人というのは、すごく少なめ! **落葉の宮**は子どもをさずからなかったけど、**夕霧**と**藤の典侍**の娘・**六の君**をあずかり、養女として育てたよ。

四十帖

（みのり）

主な登場人物

光源氏
51歳。

紫の上
43歳。長く体調がすぐれず、娘や夫に見守られながら亡くなる。

明石の姫君
23歳。紫の上の養女。母を見舞うため里帰りをする。

夕霧
30歳。紫の上の死後も変わらぬ美しさに涙する。

紫の上の体調は日に日に悪くなっていきました

お母さま！具合は大丈夫ですか？

ええ あなたや孫たちが来てくれて元気が出たわ

でも わたしはこの子たちが大きくなるところをきっと見届けられないのね…

おばあさま！

ぼくはおばあさまが一番大好きなの！

いなくなっちゃいやだよ…！

匂宮

おばあさまも大好きよ

わたしがいなくなったあとも

どうかこの二条院の梅と桜を大切にしてね

明石の姫君が
帰ってくると
少し体調がよく
なるみたいだね
ええ 元気を
もらえます
わたしが死んだら
この人はどれほど
悲しむのだろう…
大切なあなたを置いて
いってしまうこと
どうか許して…
その夜
紫の上は静かに
息を引き取りました
紫
紫…?
わたしを置いて
いかないでくれ…
紫!
目を開けてくれ!
ずっといっしょだって
言ったじゃないか!
やっともう一度
お会いできたのに…
それが最期の
ときなんて…

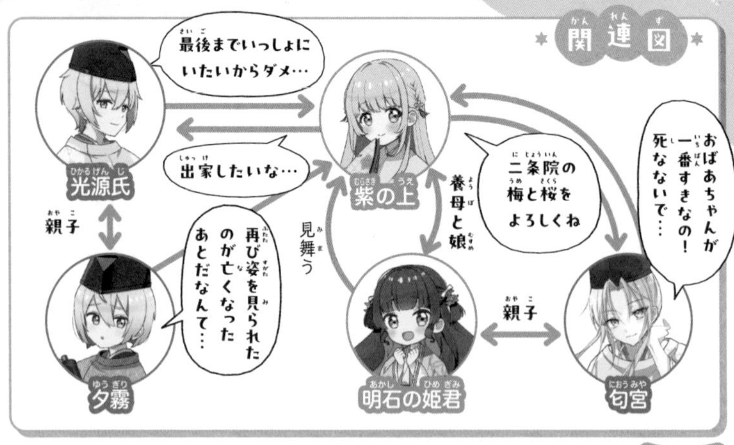

あらすじ

最愛の妻との悲しき別れ

紫の上は、以前病気になってからというもの、体調がすぐれないままでした。何度も「出家をしたい」という気持ちを伝えますが、光源氏は認めません。

春、紫の上は自分の命がもう長くないことを悟り、盛大な法要を行います。法要に協力した明石の君や花散里と和歌をよみかわし、ひそかに別れのあいさつをするのでした。

夏になると、紫の上の体調はいっそう悪くなり、手元に引き取り育てていた、明石の姫君の息子・匂宮に「二条院の梅と桜を大切にしてね」と伝えます。

秋になっても紫の上の体調は回復せず、明石の姫君は宮中から里帰りし、二条院を訪れました。明石の姫君が来てうれしいのか、いつもより体調がよさそうな紫の上でしたが、次第に容態が悪化し、消えていくつゆのように、息を引き取ります。光源氏は深く悲しみ、出家を思いながら、仏道修行にはげむのでした。

もっとくわしく

どうして光源氏は紫の上の出家を許さなかったの？

出家＝食欲や恋愛の欲など、この世の欲から離れること。そのため出家をすると、真剣に修行する人ほど食を断って早死にするし、家族を想うことも罪になる。だから、**光源氏**は**紫の上**を出家させたくなかった。

光源氏最愛のお姫さま
みんなから愛された紫の上

父に見放され、実子もいない**紫の上**は、常に**光源氏**の愛情だけが頼りだった。**女三の宮**という身分の高い妻の登場に、自分の立場の弱さをひしひしと感じた**紫の上**。しかし、彼女は自分が思う以上に周りから愛されていた。

明石の君、花散里との関係

紫の上が最後に二条院で開いた盛大な法要には、**明石の君**や**花散里**も参加し、和歌をよみかわす。本当であればライバル関係のはずだが、人柄のよい**紫の上**は彼女たちとも仲よくなり、おたがい特別なつながりを感じるまでになった。

紫の上

秋好

立場上は母親として、関係性としては本当の妹のように、**秋好**をかわいがっていた**紫の上**。**秋好**も、春秋争い(P.134)などを通じて、積極的に**紫の上**と交流していた。**紫の上**が亡くなったときには、母・**六条の御息所**と同じ秋に**紫の上**を失った悲しみの和歌を、**光源氏**に送った。

明石の姫君

明石の姫君を本当の娘のように育ててきた**紫の上**。入内の際は、**姫君**の実母・**明石の君**とはじめて対面し、おたがいをたたえあった。**明石の姫君**は**紫の上**を愛し、尊敬し、帝の妃となっても、たまに六条院に里帰りし、**紫の上**といっしょに過ごした。**光源氏**とともに**紫の上**の最期を看取る。

夕霧

父の最愛の人ではあるものの、ある日姿を見てしまってから、ずっとあこがれの人として想いを寄せる。しかし、次に対面したのは亡くなったあと。生前と変わらぬというよりさらに美しく、眠るような**紫の上**の姿に思わず涙した。

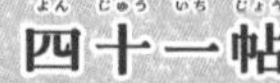

幻（まぼろし）

光源氏の物語、ここに完結

紫が亡くなって
1年…

一周忌も形見分けも
この世の義務は
すべて終えた…
出家しよう

懐かしいな…
いろいろな女性と
恋をしたものだ

手紙の整理

これは…
紫からの…

紫の上…

わたしもきっと
もうすぐ
そちらに行くよ

それまで
もう少しだけ
待っていてくれ

主な登場人物

光源氏
52歳。最愛の妻・紫の上を亡くし悲しみにくれる。出家の準備を行う。

関連図
光源氏
たくさん悲しませてごめん…
紫の上
遺言どおり、梅と桜を気にする
孫
匂宮
昔、紫の上にもらった手紙を焼く
手紙の処分を手伝ってもらう
女房

あらすじ

紫の上を想い出家の準備をする

新年を迎えても、**紫の上**を失った悲しみはいえません。**光源氏**は自分の浮気で、何度も**紫の上**を傷つけたことを思い返し、後悔します。

匂宮が**紫の上**の遺言を守り、二条院の梅や桜を気にかけているようすがかわいらしく、おだやかな気持ちになるも、春の景色は**紫の上**を思い出させ、悲しみがつのるのでした。

夏になり、秋が来て、冬が訪れても、それぞれの季節ごとに**紫の上**との思い出がよみがえり、涙を流す**光源氏**。**紫の上**の一周忌がすぎ、年末が近づくと、**光源氏**は出家へ向けて準備をはじめます。須磨に移った際に、**紫の上**から送られた手紙も、出家後は修行のさまたげになるだろうと、ついに焼き捨てるのでした。

12月、1年の罪を浄化する年末の法事が行われ、**光源氏**も出席します。約1年ぶりにみんなの前に姿を現した**光源氏**は、以前にも増して光り輝くようなすばらしさで、長年仕えてきた僧は涙を流すのでした。

もっとくわしく

どうして紫の上との手紙を焼いてしまったの？

この世への未練を断ち切り、出家の準備をするため。また、当時、天へ焚き上げる煙はあの世への通信手段とも考えられていた。もしかすると、あの世の**紫の上**に、今もなお残る深い愛を伝えたかったのかも。

存在しない、幻の巻

雲隠（くもがくれ）

あらすじ

描かれなかった光源氏の死

『源氏物語』の第一部、第二部をしめくくるラストの話ですが、この巻には本文が存在しません。あるのは「雲隠」という巻名だけ。

もともと巻名だけあり、本文は書かれなかったのではないかという説と、本文はあったが、なんらかの理由で現代まで伝わらなかったのではないかとする説の両方があり、「本文はあったが伝わらなかった」説の中には、次のような伝説もあります。

それは、**光源氏**の死を描く「雲隠」があまりにすばらしかったので、感動した読者たちが次々に出家をしてしまい、あせった帝が当時存在していた「雲隠」巻をすべて焼くように命

令してしまったという伝説です。
　あくまでも伝説なので、本当かうそかはわかりません。わかるのは、とにかく現在、「雲隠」には本文がないということだけ。あとは読者の想像にまかせられているのです。かがやかしい人生を歩んだ**光源氏**の最後の物語を、ぜひ想像してみてください。

もっとくわしく

出家をして亡くなるまでの空白の8年間

この「雲隠」の前の巻である「幻」と次の巻である「匂宮」の間で、8年が経過している。**光源氏**は、53歳で出家して、嵯峨で修行に専念して過ごし、2～3年で亡くなったのではないかと考えられている。

四十二帖

外伝

匂宮（におうみや）

次世代の物語、開幕

主な登場人物

薫
14歳。光源氏の息子（じつは柏木の子）で、第三部の主人公。

匂宮
15歳。明石の姫君の息子。薫とはライバルで親友。

夕霧
40歳。光源氏の息子。妻ふたりを几帳面に愛する。

薫さまは香も焚いていないのにいい匂い！
さすが源氏の君の息子だわ
好きでこんな体質になったわけじゃないのに父上が本当の父かもわからないし…

あらすじ

光源氏を継ぐ薫と匂宮

「幻」から8年。**光源氏**はすでに亡くなり、**女三の宮**と**光源氏**の息子（じつは**柏木**の息子）・**薫**と、**明石の姫君**とこの時代の帝・**今上帝**の息子・**匂宮**が、魅力的だと評判になっていました。**薫**は、自分の父が**光源氏**ではないと、うすうす気がつき深く悩んでいて、そのこともあってか、この世に未練がなく、14歳にして出家へのあこがれを持っていました。

薫は生まれつき、体からとてもいい香りがする不思議な体質をしていて、そのことから「**薫**」と呼ばれるようになりました。

一方、**匂宮**は、風流な青年で、恋愛に熱心なプレイボーイ。自然に体からいい香りがする**薫**に対抗して、いつもお香を強く焚きしめているため、「**匂宮**」と呼ばれていました。

また、**夕霧**は、**落葉の宮**を六条院の夏の町に住まわせ、**雲居の雁**の住む三条院と1日おきに月15日ずつ、几帳面に通っているのでした。

四十三帖

外伝

紅梅（こうばい）

真木柱のその後

主な登場人物

真木柱
46・47歳。**按察の大納言**と再婚。

匂宮
25歳。**宮の御方**にアプローチする。

按察の大納言
54・55歳。**真木柱**と再婚。

宮の御方
真木柱と**蛍の宮**の娘。結婚願望はなし。

髭黒の大将の娘・真木柱は柏木の弟・按察の大納言と再婚

連れ子である宮の御方と按察の大納言の屋敷に引っ越しました

匂宮さま結婚相手にわたしの娘はどうですか？

前の妻との子なのですが…

どちらかというと真木柱さんの連れ子の宮の御方のほうが気になってるんだよなぁ…

いやー…

あらすじ

光源氏ゆずりのプレイボーイを発揮

髭黒の大将の娘・**真木柱**は夫・**蛍の宮**に先立たれ、**柏木**の弟である**按察の大納言**と再婚。**真木柱**と**蛍の宮**の娘・**宮の御方**も、**按察の大納言**に快く受け入れられ、**按察の大納言**と前の妻との娘・**大君**※と**中の君**※たちと、仲よく同じ屋敷で暮らしていました。

やがて、**大君**は東宮の妃として宮中に行くことに。**按察の大納言**は、妹の**中の君**を**匂宮**と結婚させたいと考え、紅梅の花に和歌をそえて**匂宮**に送ります。しかし、当の**匂宮**は**中の君**よりも、**蛍の宮**の娘である・**宮の御方**のほうが気になっていました。

けれども、**宮の御方**は、じつの父を亡くし、母の再婚相手（継父）のもとで生活をしている自分では、名誉も保てないだろうと、結婚はあきらめていました。そのため、**匂宮**からのアプローチにも応じません。

それでも**匂宮**は、**宮の御方**に手紙を送り続けるのでした。

※大君：貴族の長女を敬って呼ぶ言葉。
※中の君：貴族の次女を敬って呼ぶ言葉。

四十四帖

外伝

竹河（たけかわ）

娘の結婚に悩む玉鬘

主な登場人物

玉鬘
47〜56歳。
娘たちの結婚に悩む。

冷泉院
43〜52歳。
玉鬘の**大君**を妃に迎える。

蔵人の少将
18・19歳〜27・28歳。**夕霧**と**雲居の雁**の息子。**大君**と結婚できず落ち込む。

大君
冷泉院の妃になるも、嫉妬されつらい日々を送る。

中の君
尚侍として**今上帝**に出仕。

髭黒が亡くなったあと家は傾くばかり
玉鬘は娘の結婚相手に悩みます
帝からも冷泉院からも夕霧の息子からも結婚の申し込みが…
だれに嫁がせるのが一番いいのかしら…
髭黒の殿が生きていてくれたら心強かったのに…!!

あらすじ

結婚相手選びの難しさを知る

髭黒の大将が亡くなったあと、**玉鬘**は娘ふたりをだれと結婚させるべきか、頭を悩ませていました。

長女の**大君**へは、**今上帝**や**冷泉院**、**夕霧**の息子・**蔵人の少将**からと、求婚の申し込みがたくさん。**玉鬘**は、昔自分が**冷泉帝**に求婚されながらも、かなわなかったことを思い、**大君**を**冷泉院**の妃にすることを決めます。

それを知って気分を悪くしたのが、時の帝である**今上帝**。**玉鬘**としては、大した後ろ盾もなく、帝に入内させるのはかわいそうだと考えて、**冷泉院**との結婚を決めたのですが、息子たちは、「どうして帝に差し上げなかったんだ。ぼくたちの出世にひびくかもしれない」と**玉鬘**を責めました。

一方の**大君**も、**冷泉院**に愛されて男の子と女の子を出産するも、それがほかの妃たちの嫉妬を買い、かたみのせまい毎日を送ることになります。**玉鬘**は、この結婚は失敗だったと後悔するのでした。

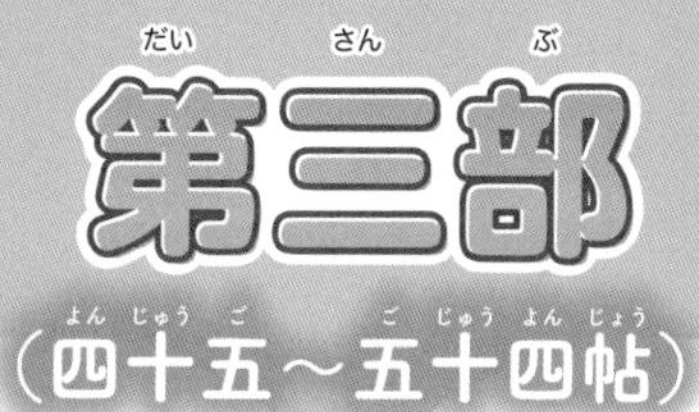

光源氏の子どもや孫の物語

舞台は光源氏が亡くなってから数年後。
光源氏の息子・薫が新たな主人公に！
自分の本当の父のことや、うまくいかない恋愛に
悩みながら生きる若い青年の人生を描いたお話だよ。

相関図

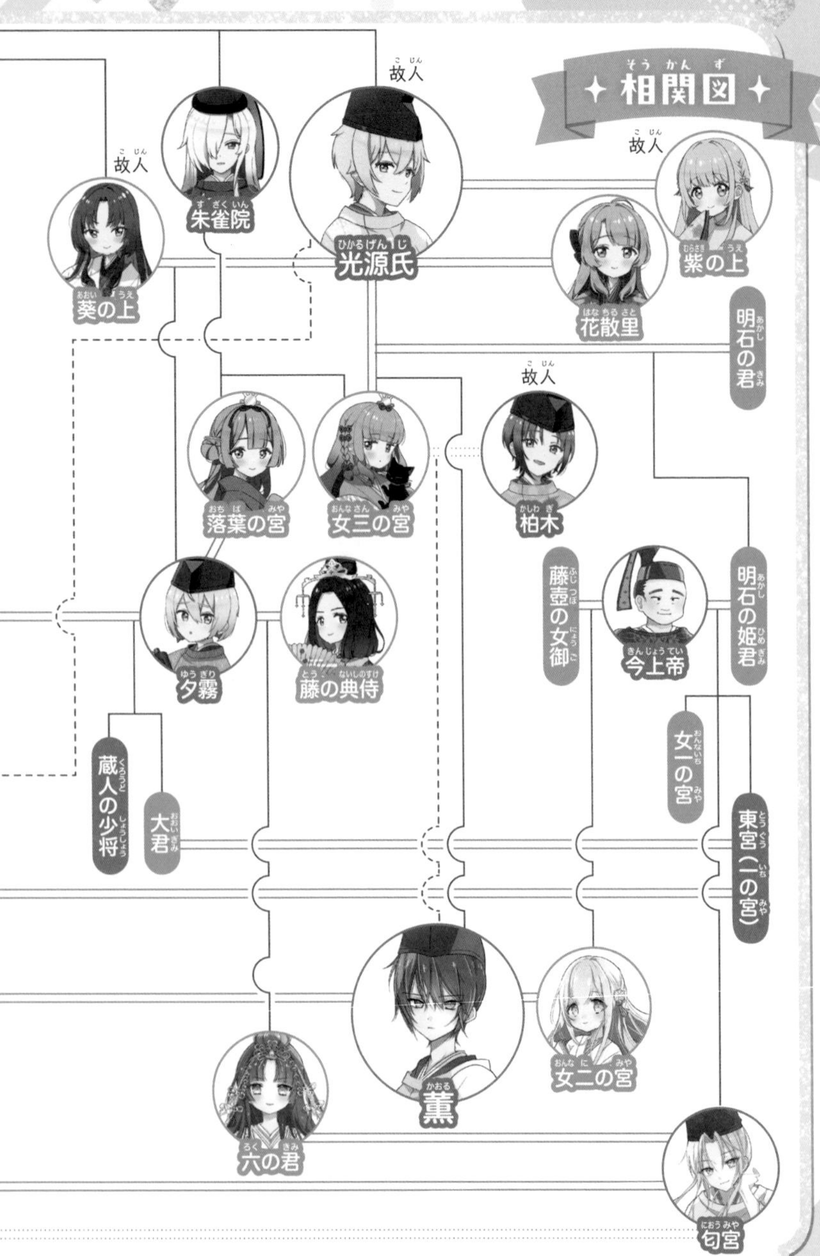

故人
朱雀院
故人
光源氏
故人
紫の上
故人
葵の上
花散里
明石の君
故人
落葉の宮
女三の宮
柏木
藤壺の女御
今上帝
明石の姫君
夕霧
藤の典侍
女一の宮
蔵人の少将
大君
東宮（一の宮）
薫
女二の宮
六の君
匂宮

北の方
中将の君
常陸の介
小君
妹
八の宮
頭の中将
故人
北の方
髭黒の大将
玉鬘
柏木
故人
蛍の宮
真木柱
按察の大納言
宮の御方
雲居の雁
中の君
大君
秋好
冷泉院
大君
中の君
大君
浮舟
中の君
恋人・夫婦関係
親子・きょうだい関係
浮気・不倫関係
不倫による親子関係

四十五帖

橋姫（はしひめ）

宇治十帖のはじまり

主な登場人物

薫
20～22歳。自分の出生の秘密を知る。

八の宮
宇治の山荘にひっそり住む、光源氏の異母弟。

大君
22～24歳。八の宮の娘(姉)。按察の大納言の娘とは別人。

中の君
20～22歳。八の宮の娘(妹)。按察の大納言の娘とは別人。

桐壺院の息子で光源氏の異母弟でもある八の宮は世間から忘れ去られ

仏道修行をしながら娘ふたりと宇治でひっそり暮らしていました

出家はしないのですか？

そんなに修行をしているなら出家したほうが…

娘を残して出家するわけにはいきませんから

八の宮

人生にいや気がさしていた薫は

出家をせずに修行にはげむ八の宮に興味を持ちます

自分がだれかもわからないし

世の中のこともどうでもいい

わたしも仏道修行をはじめてみようか…

薫

あるとき
薫が宇治の屋敷を
訪ねると―

この音色は…

八の宮の娘

姉・大君

妹・中の君

ドキ…ッ

もしかして…
薫さまで
いらっしゃいますか?

弁の君

あなたに
お話ししなければ
ならないことがあります

じつは…

何!?

わたしが
柏木さまの息子…!?

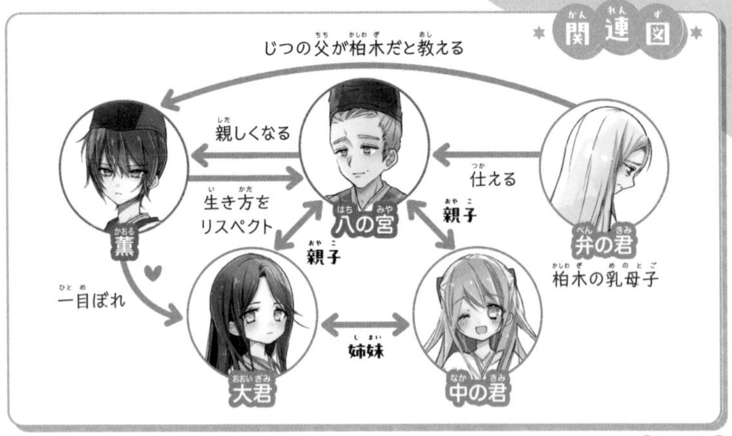

あらすじ

薫、自分の秘密を知る

桐壺院の第八皇子である**八の宮**は、両親の死後、財産や権力を失い、世間からも忘れ去られて、宇治の別荘で娘たちとひっそり暮らしていました。

出家を願いながらも、娘たちを残して行くわけにはいかないと、宇治の阿闍梨※に学びながら、自宅でできる限りの修行をして過ごしていた**八の宮**。阿闍梨が**冷泉院**に仕えていたことから、**八の宮**の存在を知った**薫**は、その生き方にあこがれ、**八の宮**の屋敷を訪ねるようになります。

宇治の**八の宮**のもとに通いはじめて3年目の秋、**薫**は琵琶と琴をひく**八の宮**の娘たち（**大君**と**中の君**）の姿をぐうぜん見てしまい、姉の**大君**に強くひかれるのでした。

宇治の屋敷には、**弁の君**という女房が仕えていました。この女房は**柏木**の乳母子で、自分の父が**柏木**であることを**薫**は**弁の君**から聞かされ、衝撃を受けます。**薫**は母に秘密を知ってしまったことを打ち明けることもできず、ひとり悩むのでした。

もっとくわしく

宇治は「世の中をつらく思う人」が住む山だった

当時、宇治はその地名から、「世の中をつらい（憂し）と感じる人が行く場所」だと思われていた。この「橋姫」からの10巻は、そんな宇治を舞台にした物語で、「宇治十帖」とも呼ばれる。

※阿闍梨：位の高い仏教の僧のこと。

薫

香りをまとったミステリアスな青年

登場する巻
『源氏物語』の第三部の主人公。「柏木」から「夢浮橋」まで登場。

家族構成
〈父〉光源氏
（じつの父は柏木）
〈母〉女三の宮
〈妻〉女二の宮
〈恋人〉浮舟

人物像

自分の秘密をうしろめたく思う

『源氏物語』第三部の主人公。世間的には**光源氏**の子だが、本当は**柏木**の息子。体からいい香りがする不思議な体質で、お忍びで出かけても、「**薫**が来ている」とバレてしまうのが悩み。**冷泉院**や**夕霧**にかわいがられているが、**光源氏**の子ではないと気づいているため、人生に価値を見出せずにいる。出家に興味がある。

好きになってもなかなか言えないまじめすぎる人

世の中をいやに思って仏教に身をささげているので、女性に恋をしても、素直には告白できない。そのため、**大君**とも結局は恋人になることなく終わってしまった。

忘れ去られた皇族

八の宮

人物像

宇治の山荘でひっそり生きる

桐壺帝の息子で、**光源氏**の異母弟。**光源氏**が須磨にいたころ、**右大臣勢力**に支持されて東宮候補にまでなったが、**光源氏**が京にもどると立場が弱くなり、人々に忘れ去られる。妻に先立たれ、住んでいた屋敷も火事で燃え、娘たちと宇治に移り住んだ。

登場する巻

「橋姫」で登場し、「椎本」で亡くなる。

出家せずに修行をする「俗聖」

俗聖とは、正式に僧にならず世の中でふつうの暮らしをしながら、仏教修行をする人のこと。**八の宮**は宇治で俗聖として生きていた。

大君

薫の心をとらえた宇治の姫

人物像

控えめで物静かな姉

八の宮の長女。思慮深くしっかりした性格で、母を亡くしてからは、母代わりとして妹を大切にしてきた。妹の幸せを心から願う、優しい姉。**薫**からアプローチを受けるも、父の遺言を守り、断り続ける。**薫**のことはきらいではなく、むしろ好き。

父の遺言が大君をしばることに

考えすぎるところがある**大君**は、父・**八の宮**の遺言をかたくなに守ろうとし、両思いにもかかわらず、**薫**とすれ違ってしまった。

登場する巻

「橋姫」で登場し、「総角」で亡くなる。

匂宮の最初の妻

中の君

人物像

若々しくかれんな妹

八の宮の次女。宇治を訪れた匂宮と手紙のやり取りをはじめ、薫のアシストもあり結婚。姉・大君が亡くなると、京の二条院へ迎えられる。大君亡きあと、姉の面影を追う薫にたえかね、大君によく似た腹違いの妹・浮舟がいることを教える。

登場する巻

「橋姫」から「蜻蛉」まで登場。

タイミングが違えば薫と幸せに!?

中の君には、薫と一夜を語り合かした思い出がある。匂宮が浮気するたび、「まじめな薫さまと結婚していれば」と思ってしまうのだった。

弁の君

薫に真実を教える

人物像

薫の秘密を知る柏木の乳母子

柏木の乳母子。柏木が亡くなったあと、夫とも死別し、八の宮の娘に仕えていた。宇治を訪れた薫に、じつの父親が柏木であることを話し、柏木の手紙を渡す。大君亡きあとは尼になり、中の君といっしょに二条院には行かず、宇治の屋敷に残った。

登場する巻

「橋姫」から「蜻蛉」までたびたび登場。

浮舟の母・中将の君とは親せき同士

じつは、弁の君は、浮舟の母と親せき同士。宇治の屋敷に残っていたこともあり、大君亡きあとは、薫と浮舟の仲を取りもった。

知りたい！
自分の秘密の気持ち

ふつうに生活しているだけでは、わかりにくい自分の本当の気持ち。わからないままにしていると、モヤモヤがたまって薫のように人生がいやになってしまうかも!? このテストであなたの本音を発見してみて♪

Q1 遠いところまで、ひとりで旅行をすることになったあなた。旅行の準備で最初にカバンに詰めるのは、次のうちどれ？

- A たくさん歩ける靴
- B 一眼レフカメラ
- C ぐっすり眠れるパジャマ
- D 旅先で読む本

Q2

今日のディナーはあなたがサラダを作る担当。どんなサラダにする？

- A ほくほくじゃがいものポテトサラダ
- B スモークサーモン入りのシーフードサラダ
- C アボカドが入ったカラフルコブサラダ
- D ベーコンがのったシーザーサラダ

Q3

あなたが道を歩いていると、目の前を猫が通ったよ。それはどんな猫だった？

- A しっぽが短い黒猫
- B トラ柄の子猫
- C 毛の長い白猫
- D 三毛猫の親子

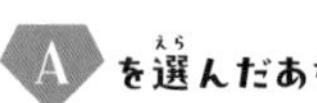

わかるのは……

あなたが「秘密にしたいこと」

Aを選んだあなたは……

好きな人

恋愛に関しては、恥ずかしくてだれにも相談できないと思っているあなた。好きな人のことを考えるだけでドキドキしてしまって、自分の本当の思いを口に出すのに勇気がいるみたい。

アドバイス

大人になったら案外、「恋バナ」で盛り上がれるようになるかも！

Bを選んだあなたは……

本音

周りからどう思われているか気になりすぎて、ついついみんなの意見に合わせてしまうあなた。否定されたり、「なんで？」と言われないために、いつも本音をかくしているみたい。

アドバイス

心がつらくなったら、ノートや日記に本音を書いてみよう。

Cを選んだあなたは……

弱点や癖

どんなに仲がよくても、相手とは一定の距離感を保ちたいあなた。考えていることや、ウィークポイントを知られるのが怖くて、できるかぎり悟られないようにしているよ。

アドバイス

常に気を張っていることにうんざりしたら、深呼吸をしてリラックスしてみてね。

Dを選んだあなたは……

黒歴史

あなたは、過去によかれと思ってしていた行動や、以前熱中していた趣味についてなど、「今」の自分からは想像がつかない、昔のことを知られるのが一番いやみたい。

アドバイス

だれにでも「消したい過去」はあるよ！　いつか笑い話にできるといいね♪

診断2

＼＼わかるのは……／／

あなたが「秘密を打ち明ける相手」

A 親

あなたにとって親は、「なんだかんだ言ってわかってくれるな」と感じる相手。今はためらっていることも、勇気を出して秘密を打ち明ける日が来るかも。

B 親友

あなたにはこの先、生涯の親友ができて、だれにも言っていなかった最大の秘密を打ち明けることになりそう。相手は話してくれたことを喜んでくれるよ。

C 先輩か兄、姉

身近にいる年上の人に、秘密を打ち明ける機会がありそう。あなたの悩みを解決するまで親身になって話しを聞いたり、いっしょに行動してくれるよ。

D 先生

学校や塾の先生、習いごとの先生など、豊富な経験を積んでいる相手に秘密を話すことになるかも。厳しくも的確なアドバイスをくれるよ。

診断3

＼＼わかるのは……／／

あなたの「秘密の野望」

A 頭がよくなりたい

じつは成績上位を狙っているあなた。勉強以外のことに興味があるそぶりをしていても、「授業中、カッコよく正解を出したい」と思っているみたい。

B とにかくモテたい

恋に無関心に見えるけれど、じつはだれよりも「モテたい」願望が強いあなた。夜、布団に入ったら「学校中のモテガール」になる妄想タイムがスタート!?

C クラスのスターになりたい

クールなあなただけど、本当は人気者にあこがれているよ。家ではひそかにアイドル風のキラキラ笑顔や、キレキレダンスの練習しているのでは……?

D 宇宙人に会いたい

平凡な毎日に飽き飽きしているあなたは、「衝撃的な事件」を求めているみたい。宇宙人に会ったら、そのまま宇宙船に飛び乗ってしまうかも!?

Q4 次の項目で、当てはまるものにチェックをしてみてね

- ☐ 怒られるとしばらく落ち込んで引きずってしまう
- ☐ 友達に自分の素直な意見を言えないときがある
- ☐ お小遣いはギリギリまで使ってしまい貯金が苦手
- ☐ 遊びの誘いは自分から持ちかけるタイプ
- ☐ 相談に乗るよりも、自分が相談することが多い
- ☐ 洋服はピッタリサイズよりちょっと大きめが好み
- ☐ 犬や猫、ウサギや鳥など、動物が好き
- ☐ 機械やパソコンの操作が得意なほうだ
- ☐ 家族や友達から「人なつっこい」とよく言われる
- ☐ 困っている人を見るとほっとけない
- ☐ 好きな人ができると、アタックせずにはいられない
- ☐ 忘れ物や落とし物が多く、たびたび注意される
- ☐ 音楽が好きでアイドルや歌手などの「推し」がいる
- ☐ 夢中になると周りのことが目に入らなくなる
- ☐ 面倒見がよく、年下から好かれやすい
- ☐ 一度でも「笑顔がすてきだね」と言われたことがある
- ☐ お菓子は、しょっぱいものより甘いもの派
- ☐ 友達との約束に遅刻してしまったことが3回以上ある
- ☐ ノリがよく、グループの中では盛り上げ役だ
- ☐ 自分は悪くないのにトラブルに巻き込まれたことがある

答え終わったら☑の数を数えてみよう！

17個以上…A　11～16個…B　5～10個…C　4個以下…D

診断4

\\ わかるのは…… //

あなたが「ひそかに言われたいこと」

 を選んだあなたは……

「いつでも味方だよ！」

さみしがり屋で、突き放す言い方をされると傷ついてしまうあなた。いっしょに悩んだり励ましてくれる人が近くにいて、応援してもらうことで何倍ものパワーを発揮できるよ。

 を選んだあなたは……

「君なら絶対できるよ！」

フットワークが軽く、何ごとにも前向きなあなたは、ネガティブな意見を聞くとやる気がダウン。背中を押してくれるような言葉をかけられると、難題にも果敢に挑戦できるはず。

C を選んだあなたは……

「ありがとう、助かる！」

慎重に物事を進めるあなたは、せかされたり、ペースを乱されることが大の苦手。真面目で責任感が強いので、コツコツ成し遂げたことに対して感謝をされると、よりがんばれるよ！

D を選んだあなたは……

「さすがだね、すごい！」

頭がよすぎて「ちょっと変わり者」と言われることが多いあなたは、何事も口出しせずにそっと見守ってもらいたいタイプ。成功してから「さすが！」と、認めてもらいたいみたい。

四十六帖

椎本（しいがもと）

八の宮、亡くなる

主な登場人物

薫
23～24歳。

匂宮
24～25歳。**中の君**と手紙を送り合う。

八の宮
薫に娘ふたりの世話を頼み、亡くなる。

大君
25～26歳。父・**八の宮**の死を悲しみ、独身でいる覚悟を決める。

中の君
23～24歳。父の死を悲しむ。

最近あまり具合がよくないのです

八の宮

わたしが死んだらどうか娘たちのことをお願いします

本当は薫さまと結婚してほしいが

薫さまにはそんな気がないみたいだし…

もちろんです

何かあったときはわたしができる限りお世話いたします…！

はい
お父さま…！
そのあとすぐ
八の宮は
亡くなりました
あの…
葬式などの準備は
わたしに
お任せください
何から何まで
ありがとう
ございます…
そういえば匂宮さまが
こちらに送った
手紙の返事がなく
悲しんでいるようですが
お返事はだれが
書いているのでしょう
中の君さまが
気になってるみたい
でしたが…
それとも…
妹です！
わたしは…っ
わたしはあなた以外と
お手紙のやり取りを
したことはありません

あらすじ

薫、姫ふたりの後ろ見を引き受ける

薫から宇治の姫君たちの話を聞き、興味を持った匂宮は、八の宮の山荘へ手紙を出します。父・八の宮のすすめで、中の君が手紙を返し、それをきっかけに匂宮と中の君は手紙のやり取りをするようになりました。

体調がすぐれない八の宮は、自分亡きあとの娘たちの世話を薫に頼み、薫もその申し出を受け入れます。

娘たちには「心から頼りになる相手でなければ、軽い気持ちで結婚しないように。一生独身でいる覚悟を決めなさい」と言い聞かせ、八の宮は山ごもりの修行へ出かけます。そして、そのまま寺で息を引き取ってしまうのでした。

薫は後ろ見として、八の宮の葬儀を手伝い、京の屋敷に移るよう提案したり、中の君と匂宮の結婚をすすめますが、大君は取り合いません。薫は自分が大君を愛していることも伝えますが、それにも大君は応じず、薫は控えめでかしこい大君に、ますますひかれていくのでした。

もっとくわしく

ややこしい「後ろ見」という言葉

薫は、八の宮から娘たちの後ろ見(P.77)を頼まれる。後ろ見は「世話をする人」という意味で、男女の場合、多くは夫を意味したが、そうでない例もあった。そのため、薫と大君の関係はあいまいなままだった。

理想の女性を探す

匂宮

人物像

光源氏の血を継ぐ二代目プレイボーイ

明石の姫君と今上帝の第三皇子で、光源氏の孫。プレイボーイで、いろいろな女性へアプローチしながら理想の妻を探す。薫とは幼いころからともに育った親友同士だが、次第に、中の君や浮舟をめぐる恋のライバルとしてみぞが生まれはじめる。

幼少期は紫の上に育てられた

匂宮は子どものころ、姉の女一の宮とともに紫の上にあずけられて育った。今は、紫の上から譲り受けた二条院を実家としている。

登場する巻

「若菜下」から「夢浮橋」まで登場。

六の君

明るくかしこい夕霧の自慢の娘

人物像

大切に育てられた美しくかしこい姫

夕霧の娘で美人と評判。母は藤典侍で、皇族に嫁ぐには身分が低かったため、身分の高い落葉の宮の養女になった。早くから匂宮との結婚話が出ていたが、22歳でようやく結婚。乗り気じゃなかった匂宮も、六の君の魅力には夢中になった。

匂宮の本妻は六の君？

中の君よりもあとに匂宮と結婚した六の君だが、権力を持つ夕霧の娘なので、立場は強く、匂宮が即位したら中宮になる可能性が高い！

登場する巻

「夕霧」から「浮舟」までたびたび登場。

四十七帖

総角（あげまき）

薫、最愛の女性との別れ

主な登場人物

薫
24歳。大君にアプローチをするも、受け入れてもらえない。

匂宮
25歳。中の君を愛する。

大君
26歳。薫の愛に気づきながらも、妹との結婚をすすめる。

中の君
24歳。匂宮と結婚するも、なかなか会えず悲しむ。

薫は大君に結婚してほしいという気持ちをそれとなく伝えはじめます

薫さまからの手紙…

あなたと月や花をながめながら

たわいないおしゃべりをする暮らしがしたい

でもわたしはもう若くも美しくもないし

きっとすぐきらわれてしまう…

それならお父さまの遺言どおり

一生独身で暮らそう…

中の君！

結婚してください！
わたしがキューピットです
かおる
は はい…？
一方、妹の中の君は匂宮と結婚することに
匂宮さまは女たらしで身分差もある…
薫さまなら信頼できたのに…
心配。
姉・大君の不安は的中
毎日の外出が母親にバレた匂宮は外出禁止に
六の君
身分が高いっ
さらに夕霧の娘・六の君との結婚話も進められてしまいました
心労のすえ大君は倒れ
薫さま…
今まで冷たい態度をとってごめんなさい
妹を…妹をよろしくお願いします…
薫の看病のかいなく息を引き取ります
大君！

あらすじ

実らなかった薫の純愛

大君は父の言いつけを守り、**薫**との結婚を断り続けていました。独身をつらぬく覚悟を決めていた**大君**でしたが、まだ若い妹には幸せになってほしいと思っていて、妹を**薫**と結婚させるのはどうか、と考えます。

薫は**八の宮**の喪が明けたあと、**大君**の部屋に忍び込みますが、気配を察した**大君**は、**中の君**を残して姿を消してしまいます。しかし**薫**は、**中の君**に心を移しはせず、たわいもない話をして、夜を明かすのでした。

中の君と**匂宮**が結婚すれば、**大君**も自分を受けて入れてくれるのではないかと考えた**薫**は、**匂宮**を宇治に招きます。**匂宮**は喜んでやってきて、ふたりは結婚することに。

しかし、**匂宮**は、女遊びをよく思っていない母・**明石の姫君**に怒られ、宇治に来られなくなってしまいます。さらに、**匂宮**と**夕霧**の娘・**六の君**との結婚話まで進んでいると聞いた**大君**は、絶望のあまり体調をくずし、その冬に息を引き取るのでした。

もっとくわしく

遊び暮らすには高すぎる匂宮の身分

匂宮は帝と中宮の息子で、次の東宮候補。二条院に住んでいたが、女遊びをとがめた母・**明石の姫君**により、宮中で暮らすように言われてしまう。そのため、行きたくてもなかなか宇治に行けなかったのだ。

固く結ばれてほどけない
総角結びにチャレンジしてみよう！

総角とは、紐の結び方の名前。結ぶといっても何かを束ねるためではなく、飾りとして使う結び方。見た目が美しくなかなかほどけないので、薫は「出会い固く結ばれる」という意味で、大君に送る和歌の内容に使ったよ。

魔よけの意味もある総角

総角結びは、元服前の男性の髪型「角髪」から考案された結び方。魔よけやお守りになる結び方ともいわれており、調度品や仏具の飾りに使われる。**薫**が宇治を訪れたとき、**大君**と**中の君**は、父・**八の宮**の一周忌のための準備として、仏具に使う飾りにつける組み紐の総角結びをつくっていた。

3つの輪っかができる結び方だよ

チャレンジしてみよう！

総角の結び方

くわしいやり方は5をチェック！

1

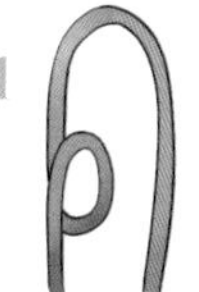

紐を半分に折り左の紐で輪をつくる。

2

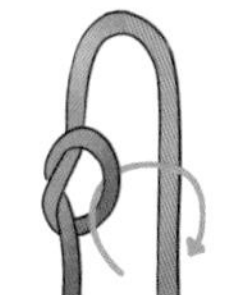

紐の先を下から輪に通し右の紐を上から通す。

3

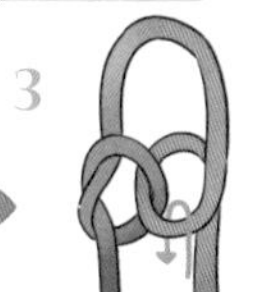

右にも輪をつくり紐の先端を輪の上から通す。

4

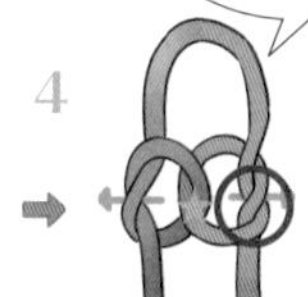

紐が絡まっている○の部分から★の紐を出す。

5

右の絡まりの部分に指を入れて★の紐をつかみ、左も同様につかむ。

6

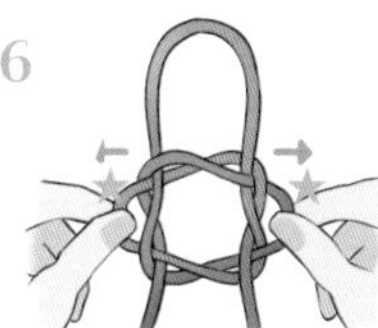

左右両方の★部分をつかんだら、左右の紐を、同時に引っぱる。

7

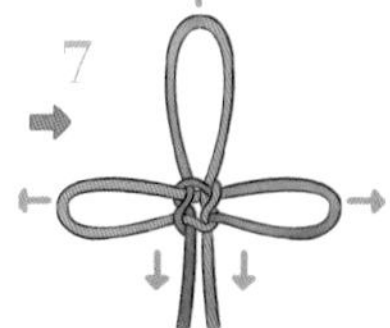

左右と上、3つの輪の大きさが同じになるように整える。

四十八帖

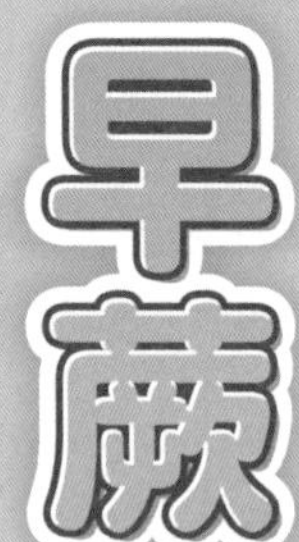

中の君、京へ

大君が亡くなったあと

中の君は明石の姫君の計らいで

二条院に引っ越すことになりました

一生幸せにするよ

はい…！

中の君を見ていると大君を思い出す…

いっそ匂宮さまにとられる前に

彼女と結婚しておけばよかっただろうか

主な登場人物

薫
25歳。大君を亡くし悲しむ。

中の君
25歳。宇治を離れ京の二条院へ移る。

匂宮
26歳。二条院へやってきた中の君と仲よく過ごす。

夕霧
娘との結婚の前に、ほかの女性に入れ込む匂宮を腹立たしく思っている。

あらすじ

新たな三角関係のはじまり

春になっても、**大君**を亡くした**中の君**の悲しみは晴れません。**匂宮**は、**中の君**を京に迎えることを決めました。

薫は、相変わらず**大君**のことが忘れられず、**中の君**と話していても、つい**大君**に似ているところを探してしまいます。そして、「**大君**の言うとおり、自分が**中の君**と結婚していたら、彼女は死なずにすんだのだろうか……」と、**中の君**と**匂宮**を結びつけたことを、今さら後悔するのでした。

中の君は、**弁の君**に別れを告げ、宇治から京へ旅立ちます。**中の君**が迎え入れられたのは、かつて**紫の上**が暮らした二条院。**匂宮**は、**中の君**を大切に愛しました。しかし、次第に**中の君**と親しげに話す**薫**に嫉妬し、警戒するようになります。

一方、**夕霧**は、**中の君**に入れ込む**匂宮**を見て、「いっそ、**六の君**は**薫**と結婚させようか」と考えます。しかし、**薫**は「大切な人を亡くして、今はそんな気になれない」と断るのでした。

もっとくわしく

匂宮は夕霧の娘・六の君との結婚に後ろ向きだった?

匂宮は、東宮になる競争に勝ち抜くことを考えたら、権力者である**夕霧**の娘と結婚したほうが有利。だから周囲もそれをすすめた。でも、**匂宮**本人はロマンチックな恋愛結婚にあこがれていたのだった。

四十九帖

宿木（やどりぎ）

大君に似た女性

主な登場人物

薫
24～26歳。

匂宮
25～27歳。
六の君を新たな妻に迎える。

中の君
24～26歳。
匂宮の心変わりに悲しむ。

女二の宮
薫と結婚する。

六の君
匂宮と結婚する。

浮舟
20～21歳。
大君に似ている異母妹。

薫は今上帝の娘
女二の宮と

薫さま

匂宮は夕霧の娘
六の君と
結婚します

女二の宮さまは
すてきな方だ…

でも大君が
生きていて
くれたら…

女二の宮

かわいい…！

中の君とは
違うタイプの
美人だ！

六の君

匂宮は六の君のところからなかなか帰ってこなくなりました
悲しい…
わたしもう宇治に帰りたい…
中の君…！
きゃっ
腹帯
懐妊されていたのか
はっ
すっすみません！
一途な薫さまと結婚できていたら…でももう遅いわ
薫さま
じつは…わたしたち姉妹には母の違う妹がいて
先日都へ帰ってきたのですがお姉さまそっくりに育っていました
そういえば…
これで下心のない後ろ見にもどってくれるはず
大君にそっくり…!?

あらすじ

薫の結婚、浮舟との出会い

今上帝は、娘の**女二の宮**を薫と結婚させたいと思っていました。

一方、**匂宮**は**夕霧**の娘・**六の君**と結婚。**夕霧**一家総出での引き止め工作もあり、**六の君**と過ごす時間が増えます。**中の君**を訪れる日はしだいに減っていき、**中の君**は悲しみのあまり、**薫**に「宇治に帰りたい」と泣きつきました。**薫**はたまらず御簾の中に入り、**中の君**の手をとりますが、そこで**中の君**が妊娠していることに気がつき、ハッと我に返るのでした。

直後、二条院を訪れた**匂宮**は、**中の君**から**薫**の香りがしたため、**薫**との関係を疑います。この一件でヤキモチをやいた**匂宮**は、**中の君**に執着するようになるのでした。

しかし、**薫**の**中の君**への恋心は消えず、めいわくに思った**中の君**は、**大君**に似た異母妹・**浮舟**の存在を明かします。2月、**薫**は**大君**のことを引きずったまま**女二の宮**と結婚。4月、宇治で**浮舟**を見て、**大君**そっくりの姿に心をうばわれるのでした。

もっとくわしく

息子を産んだことで中の君の立場がアップ!

中の君は血筋はいいものの、頼る実家がないため、世間的に弱い立場にあった。しかし、次の東宮候補である**匂宮**の息子を産んだことで、立場が上がり、「皇位継承者候補の母」として大切にされるようになった。

女二の宮

身分の高い薫の妻

人物像

プリンセスらしく落ち着いた女性

今上帝の娘。母は藤壺の女御（冷泉院の母とは別人）。裳着を前に母が亡くなり、将来を心配した今上帝のすすめで薫と結婚。薫の妻らしく落ち着いていて、薫が浮舟を京へ迎え入れると決めたときも、深く嫉妬することはなかった。

薫の恋わずらいにつき合わされる!?

暑い日に氷を持ってすずむ女一の宮※の姿にあこがれた薫により、「姉妹だし似ているかも」と氷を持たされたというエピソードも。

登場する巻

「宿木」から「蜻蛉」までたびたび登場。

今上帝

『源氏物語』最後の天皇

人物像

明石の姫君や子どもたちを深く愛する

朱雀院の息子で、薫たちの時代の帝（冷泉帝の次の帝）。「藤裏葉」巻で明石の姫君が嫁いだ東宮と同一人物。明石の姫君との間に生まれた長男・一の宮を東宮としていて、一の宮が即位したあかつきには、匂宮を次の東宮にしようと考えている。

柏木に利用されるほど「猫好き」!?

柏木は、今上帝※に、女三の宮の猫がかわいいと話し、今上帝がその猫をもらってくるやいなや、すきを見て引き取ってしまった。

登場する巻

「明石」から「蜻蛉」までたびたび登場。「若菜下」で即位する。

※女一の宮：今上帝と明石の姫君の娘。女二の宮の腹違いの姉。
※今上帝：当時はまだ東宮だった。

五十帖

東屋（あずまや）

浮舟との出会い、わきあがる想い

大君に似ている異母妹の浮舟

浮舟

中の君は浮舟を引き取りますが二条院で匂宮に見つかってしまいます

君かわいいね！

新しい女房？どこから来たの？

なにしてるんですか…？

君の部屋はどこ？案内してよ

浮舟は匂宮から逃げるため近くの家に避難

浮舟さま！

浮舟の居場所を聞いた薫は急いでかけつけました

あなたが薫さま…

！

大君さま！会いたかった…！

主な登場人物

薫
26歳。浮舟と出会い、恋人に。

匂宮
27歳。二条院で浮舟を見かけ、アプローチ。

浮舟
21歳。結婚が決まっていた相手にふられ、中の君のもとへ。

中将の君
浮舟の母。娘が幸せになる方法を探している。

あらすじ

匂宮、浮舟に目をつける

薫は**大君**にそっくりな**浮舟**に会いに行きたいと思いますが、身分の差をわきまえて、表立って連絡することはありませんでした。

浮舟の母・**中将の君**も、**薫**が**浮舟**に興味を持っていると伝えられたものの、娘の結婚相手には身分が高すぎると、以前から求婚してきていた、**左近の少将**と結婚させることにします。ところが、**左近の少将**は**浮舟**の継父（**中将の君**の再婚相手）の財産が目当てで、**浮舟**がじつの子でないと知ったとたん、妹に乗りかえてしまったのです。

娘をかわいそうに思った**中将の君**は、**浮舟**を**中の君**にあずけます。しかし、ぐうぜん屋敷内で**浮舟**の姿を見かけた**匂宮**に言い寄られてしまい、あわてた**中将の君**は、**浮舟**を三条にある小さな家に移しました。

宇治の**弁の君**からそのことを聞いた**薫**は、三条の家を訪ね、ふたりは恋人に。**薫**は**浮舟**を宇治の屋敷に住まわせることに決めるのでした。

もっとくわしく

左近の少将の裏切り後、玉の輿狙いに切り替える母

最初は、**浮舟**を身分に合った相手と結婚させようとしていた**中将の君**だったが、**中の君**の屋敷で**薫**と**匂宮**のきらびやかな姿を目にするやいなや、「身分の高い貴族と結婚させよう！」と手のひらを返した。

五十一帖

浮舟（うきふね）

浮舟をおそった悲劇

浮舟を忘れられない匂宮は、中の君に届いた手紙から浮舟の居場所をつきとめ

宇治の屋敷までやってきました

薫さま 次はいつ来てくれるんだろう

カタッ

薫さま？

君をずっと探してたんだ

浮舟は愛を熱烈に伝えてくれる匂宮にひかれていきます

主な登場人物

薫

26～27歳。世間体を気にして、宇治をあまり訪ねない。

匂宮

27～28歳。**中の君**に届いた手紙から**浮舟**の居場所を特定し、アプローチ。

浮舟

21～22歳。**薫**と**匂宮**、どちらも選べず、板ばさみに。

第三部・四十五〜五十四帖

光源氏の子どもや孫の物語

あらすじ

浮舟をめぐって争う薫と匂宮

匂宮は、二条院で会ったなぞの女性（浮舟）のことを忘れられずにいました。いったいだれなのか、中の君にたずねますが、教えてくれません。匂宮は、中の君に届いた浮舟からの新年のあいさつの手紙を見て、その女性が宇治にいること、そして薫の恋人であることを知りました。

さっそく宇治へ向かった匂宮は、薫のふりをして浮舟の部屋へ忍び込み、想いを告白。おどろき、涙を浮かべる浮舟でしたが、情熱的な匂宮に次第にひかれていきます。

2月、薫は宇治を訪れました。匂宮との浮気を情けなく思い泣いている浮舟を見て、しばらく来なかったことをすねているのだと勘違いした薫は、京へ迎えることを約束します。それを知った匂宮は、薫よりも先に浮舟を迎えに行こうと考えるのでした。

そんなある日、薫と匂宮の従者がはちあわせて浮舟の浮気が発覚。追い詰められた浮舟は、宇治川へ身を投げることを決めるのでした。

もっとくわしく

今も昔もライバルがいると恋の炎は燃え上がる？

匂宮は、大雪の中を会いに行ったり、かくれ家に連れ出してふたりきりで過ごしたりと、浮舟を情熱的に愛する。しかし、匂宮をつき動かすのは、浮舟への恋心だけでなく、別の男（薫）へのヤキモチも大きかった。

浮舟

薫と匂宮の間でゆれうごく心

登場する巻

「宿木」から「夢浮橋」まで登場。

家族構成

〈父〉八の宮
〈母〉中将の君
〈異母姉〉大君、中の君
〈恋人〉薫、匂宮

人物像

『源氏物語』最後のヒロイン

八の宮と**中将の君**の娘で、**中の君**と**大君**の異母妹。**大君**にとてもよく似ている。**大君**を忘れられない**薫**と恋人になり宇治に引っ越すが、**匂宮**からもアプローチを受け、断りきれず浮気をしてしまう。**薫**と**匂宮**の板ばさみに苦しみ、どちらかを選べず宇治川に身を投げることを決意。最後には出家をして尼となる道を選ぶ。

どうして中の君たちといっしょに育たなかったの？

浮舟は、**八の宮**が妻の死後に短期間つき合った**中将の君**との子。**八の宮**はめんどうに思い、仏教にひかれたせいもあって、娘だと認めていなかった。

五十二帖

（かげろう）

蜻蛉のようにはかなかった浮舟の命

薫と匂宮のもとへ浮舟が亡くなったという知らせが届きます

やっと見つけた大君の面影を持つ人だったのに…！

浮舟…ついこのあいだ手紙をくれたばかりじゃないか…！

宇治にかくまっていたのが悪かったのかもしれない

最初からわたしの近くに住まわせていたら…

仏教では自殺は重い罪になる…

急いで法要の準備を

せめてあの世では幸せに過ごせるように…

薫は浮舟の供養をけんめいに行い

浮舟のきょうだいたちの面倒を見ることを誓うのでした

主な登場人物

薫
27歳。浮舟を遠い宇治の屋敷に住まわせていたことを後悔する。

匂宮
28歳。浮舟のふほうを聞き、ショックのあまり寝込む。

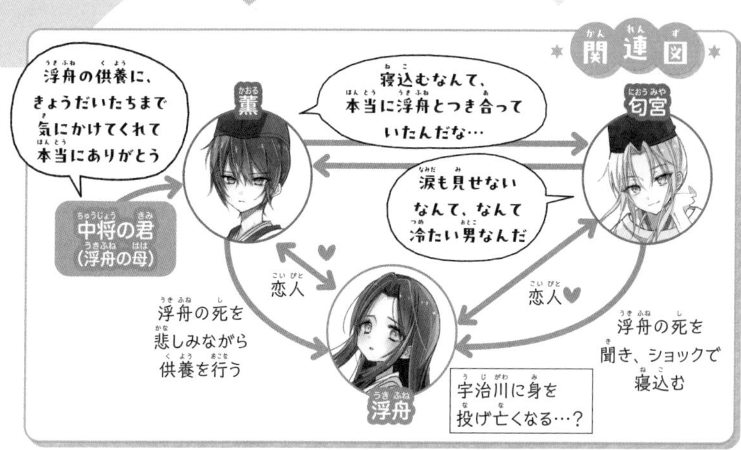

あらすじ

悲しむ匂宮と供養にいそしむ薫

翌朝、侍女たちは残された手紙から、**浮舟**が宇治川に身を投げたことを確信。そして、「自ら川に入って命を捨てたと知られたら、世間体が悪いだろう」と、亡きがらもないまま**浮舟**の葬儀を行ってしまいました。

母の病気の回復を祈って、寺へこもっていた**薫**のもとに、**浮舟**の死を伝える知らせが届いたのは、葬儀が終わったあとのこと。**薫**は、自分に知らせもなく、簡単な葬儀で終わらせたことを責めながら、「最初から京に迎えていれば、こんなことにはならなかったのに」と後悔します。

一方、**浮舟**が亡くなったという知らせを聞いた**匂宮**は、ショックのあまり寝込んでしまいます。**匂宮**が体調をくずしたと聞いた**薫**は、「やはり**浮舟**とつき合っていたんだな」と実感し、さらに苦しくなるのでした。

薫は**浮舟**の四十九日の法要を盛大に行い、**大君**に**浮舟**と、宇治で暮らした女性たちの人生のはかなさに思いをはせるのでした。

もっとくわしく

さっそくほかの女性に恋をする匂宮と薫

浮舟の死を悲しむふたりだったが、しばらくすると**匂宮**は別の女性にアプローチをはじめ、**薫**はぐうぜん見た**女一の宮**にあこがれる。ふたりにとって**浮舟**は、「本命の女性」ではなかったのだ。

五十三帖

手習（てならい）

じつは生きていた浮舟のゆくえ

浮舟は横川に住む僧都に助けられ一命を取りとめていました

ああよかった！

妹尼

あなたがここに運ばれてきたとき

亡くなった娘が帰ってきてくれたと思ったの

死にぞこなったうえにここでもだれかの身代わりにされるの？

今思えば…

お父さまに愛されずお母さまの重荷だったわたし

あげくに恋で身を持ちくずして…また結婚なんてぜったいいや…！

妹尼の亡くなった娘の婿にも「亡き妻の代わり」として結婚を申し込まれ

いやになった浮舟は妹尼の留守中に出家してしまうのでした

どうかわたしの髪をおろしてください！

主な登場人物

薫

27～28歳。**浮舟**のうわさを聞き、会いにいくことを決める。

浮舟

22～23歳。**横川の僧都**に助けられ、一命を取りとめる。

横川の僧都

宇治の院の裏庭に倒れていた**浮舟**を助ける。

妹尼

横川の僧都の妹。娘のように**浮舟**をかわいがる。

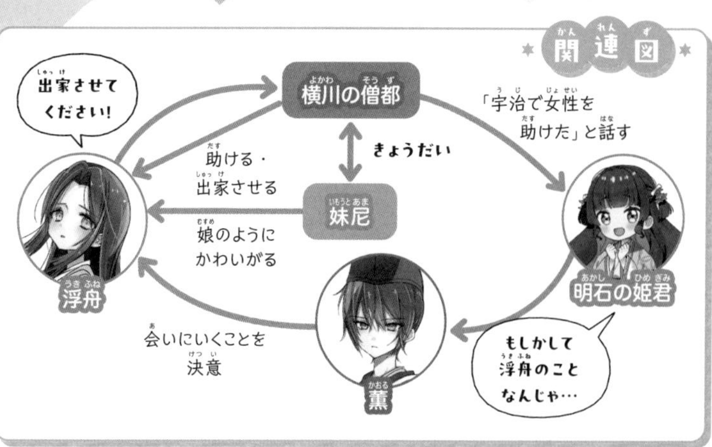

あらすじ

出家をして心の安らぎを得る

宇治川に身を投げて亡くなったと思われていた**浮舟**ですが、じつは生きていました。宇治の院の裏庭に倒れているところを、**横川の僧都**に発見され、一命を取りとめたのです。**浮舟**は、**僧都の母尼**と**妹尼**の住む山荘に連れて行かれ、手あつい看病を受けます。やがて**浮舟**は意識を取りもどしますが、死ぬこともできなかった自分に絶望し、名前も身の上も、すべて忘れたことにして、暗くしずんだ日々を過ごしていました。**妹尼**は、亡くなった娘が帰ってきたかのように**浮舟**に接し、さらに、その亡き娘の婿だった男性にまで求婚される始末。たえられなくなった**浮舟**は、**妹尼**が留守のうちに出家してしまいます。**浮舟**は、ようやく心の平穏を手に入れた気がしました。

しかし、**横川の僧都**が**明石の姫君**に「宇治で倒れている女性を助けた」と話したことから、**薫**は「**浮舟**が生きているかもしれない」と感づき、横川を訪ねることを決めるのでした。

もっとくわしく

薫のうわさを聞き、心を痛める浮舟

薫が**浮舟**の死を悲しみ、一周忌の法要も行っていると聞いた**浮舟**は、だれかの代わりでも、最初からおだやかに自分を大切にしてくれていた**薫**を裏切って、**匂宮**にひかれたことを後悔するのだった。

五十四帖

夢浮橋（ゆめのうきはし）

『源氏物語』の幕引き

主な登場人物

薫

28歳。**浮舟**が生きていることを確かめるため、**横川**の**僧都**に事情を聞きにいく。

浮舟

23歳。**薫**に自分が生きていることを知られたくない。

小君

浮舟の幼い弟。**薫**の使者として**浮舟**を訪ねる。

浮舟が生きているかもしれない!?

ええ

知り合いの僧が宇治川の近くで倒れている女性を助けたらしくて…

薫は僧のもとを訪ねたあと

姉君の顔は覚えているね?

浮舟の弟・小君に手紙を持たせ

屋敷にいる方が浮舟かどうか確かめてきておくれ

浮舟の住む屋敷へ使者としてつかわしました

はい!

薫さまという方の使いの子がいらっしゃいましたよ

姉上

姉上なのですか!?

!

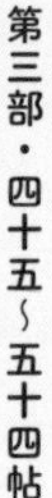

小君…!?

姉上なのでしょう!
お母さまは毎日悲しんでいます

薫さまも会いたがっています

薫さまからお手紙をあずかってきました

どうか読んでお返事を書いてください

薫さまの香り…

昔のことは何も覚えていないのです

でもきっと薫さまが探しているのはわたしではないと思います

お返事はできませんとお伝えください…!

薫さま 探してくれてありがとう

でも もうわたしは だれかの代わりに愛されたくない

尼として生きる これが ようやく見つけた

わたしの人生なのです…!

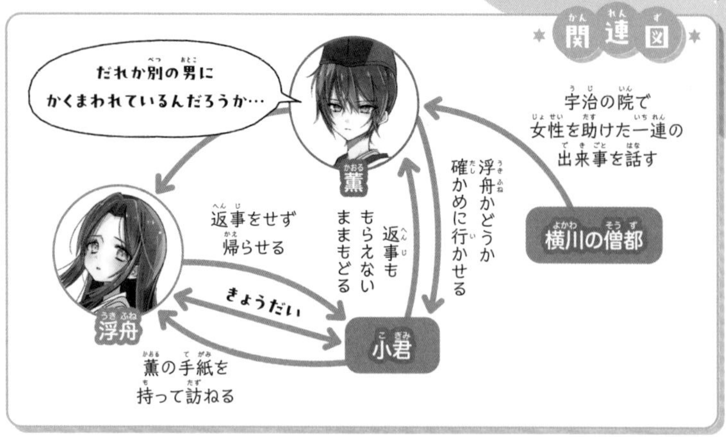

あらすじ

薫との別れを決めた浮舟

薫は**横川の僧都**を訪ねて、事情を聞きました。そして、**浮舟**が生きていることを知り、まるで夢のようだと涙をこぼします。**薫**は**浮舟**に会わせてほしいと**僧都**に頼みますが、僧の立場としては、すでに出家した**浮舟**と**薫**を会わせることはできません。**僧都**は代わりに、**浮舟**に事情を記した手紙を書き、それを**浮舟**の弟・**小君**にたくすことにしました。

翌日、**薫**も手紙をしたため、**浮舟**のもとへ**小君**をつかわします。**浮舟**は**小君**が来たのに気がつくと、部屋の奥へ逃げ込んでしまいました。**妹尼**たちは**小君**に会うようにすすめますが、**浮舟**は**薫**には自分が生きていることを知られたくないと、**薫**に返事を返すことはありませんでした。

薫は、返事ももらえず**浮舟**かどうかの確認もできなかったことに、がっかりします。そして「もしかして、だれかほかの男にかくまわれているのではないか」とあれこれと思いをめぐらせるのでした。

もっとくわしく

どうして僧都は浮舟と薫を会わせられなかったの？

尼と恋人関係になることは、元恋人同士でも決して許されておらず、とても重い罪と考えられていた。そのため、**横川の僧都**は自分の案内で、元恋人同士の**浮舟**と**薫**を再会させることはできないと考えた。

\ あなたの「将来」はどんなもの？ /

未来を大予言テスト

『源氏物語』はこの五十四帖で終わるけど、
主人公たちの未来に思いをはせながら、自分の未来も見てみよう！
次の質問に順番に答えて、当てはまる番号の問いに進んでね。
あてはまらないときは、考えに近いほうを選んで♪

Q1 週末いっしょに遊ぶ予定の友達に、「待ち合わせ時間を変更したいから電話して」と、置き手紙をしたけど、電話がかかってこない。

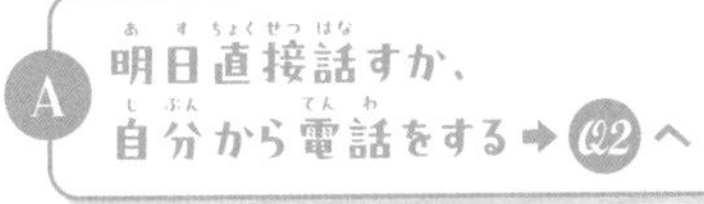

A 明日直接話すか、自分から電話をする➡Q2へ

B 「怒っちゃったのかな」と傷つく➡Q3へ

Q2 クリスマスにクラスのみんなでプレゼント交換会をすることに。あなたは何を用意する？

A だれに当たっても喜んでもらえそうなプレゼント➡Q4へ

B 「センスいいね！」とウワサされそうなプレゼント➡Q5へ

Q3 遠足で、仲よしグループと歩いていたあなた。先生に突然「はいチーズ！」とカメラを向けられた！

A バッチリカメラ目線でスマイル！➡Q5へ

B 「準備ができてないよ～」と、ちょっと逃げる➡Q6へ

Q4 豪華なパーティーに招待されたあなた。開催は3カ月後。どんな準備をする？

A ちょっとでも美しくなれるよう、スキンケアやヘアケアなど努力をする ➡ Q8 へ

B お小遣いを貯めて、その日のためのステキなドレスを買う ➡ Q7 へ

Q5 今日は休日。どんなふうに過ごす？

A 予定を決めずに、気ままに近所を散歩する ➡ Q9 へ

B 予定と目的地を決めて、最短距離で歩いていく ➡ Q8 へ

Q6 学校に行ったらクラスメイトが全く同じ服装だった！

A 「この服はもう学校には着て来ない」と心に決める ➡ Q10 へ

B 「おそろいだね！」と、これを機に仲よくなれるよう話しかける ➡ Q9 へ

Q7 あなたはみんなの推薦で学級委員に選ばれたよ。ただ仕事が多くて大変……！

A みんなのために、遊びの時間を削って仕事をがんばる➡Bタイプへ

B 先生に「ひとりでこなせないかも……」と状況を相談する➡Aタイプへ

Q8 今日は家族でホテルのビュッフェレストランへお出かけ。どんな靴を履く？

A 歩きづらいけど、かわいい靴➡Aタイプへ

B 転ばないように履きなれた靴➡Cタイプへ

Q9 あなたが興味のあること、挑戦したいことは次のうちどっち？

A お菓子作りや料理など、食にまつわること➡Bタイプへ

B ビーズ細工や編み物など、小物のハンドメイド➡Dタイプへ

Q10 なんだか今日はイライラな気分。どうやって過ごす？

A こんな日はたっぷり睡眠をとって充電！➡Dタイプへ

B 部屋を徹底的に掃除してストレス発散！➡Cタイプへ

大人になったあなたは、恋に、仕事に大忙し。友達も多く、週末は食事やデートのお誘いで予定がいっぱい。「ずっとキレイで若々しく」がモットーで、何歳になっても話題の中心人物。

恋愛 いつもモテモテで注目の的のあなた。ただ理想が高いので、運命の人と出会うのはちょっぴり遅めかも。才能があって、将来有望な年下の人と恋に落ちる可能性が大！

仕事 タレントやモデル、企業の広報など、人前に立つ仕事に就いているかも。エステティシャンやネイリストなど、手に職をつけて自分で会社を経営するパターンも。

お金 お金を稼ぐ能力に恵まれているので、将来は安泰。ただし、美容やファッションに関心が高く出費を惜しまないので、計画を立ててお金を使う練習をしておこう！

将来は……
B
玉鬘タイプ
だれからも頼りにされる優しいお姉さん

あなたは、親切で愛情深い「みんなのお姉さん」になっているよ。だれにでも分け隔てなく接するので、周りからの信頼もあつく、結婚したら、平和な家庭を築くために努力するよ。

恋愛 あなたの人柄にひかれて、多くの男性から告白されるよ。ただし「尽くしすぎる」性格が玉にキズ。自分と同じように思いやりを持って接してくれる相手を見極めよう。

仕事 人の役に立てることに喜びを感じるあなた。看護師や介護士など、「ありがとう」と言ってもらえる仕事に縁があるみたい。保育士や教師など、何かを教える仕事も◎。

お金 ぜいたくすぎる暮らしはあまり好きじゃない、という将来のあなた。見栄のためにお金を使うこともないので、質素な生活でもおだやかに、何不自由なく暮らせるよ。

C 朝顔の姫君タイプ

何ごとも常に全力で努力するあなたは、自分が「こうなりたい」という将来の夢をかなえられているよ。ゆくゆくは、自分が居心地よく暮らせる場所を探して、海外に移住するかも。

恋愛 真面目な性格なので「かわいいね」と言われると、本気にしてしまい、遊び人にひっかかってしまうことも。恋の経験を重ねていけば、ステキな人とめぐり合えるはず♪

仕事 責任感が強く、どんな職業でも指示役・サポート役、どちらもこなせるまさに「できる人」。専門知識が必要な、弁護士や会計士などの仕事も向いているよ！

お金 とにかくお金に厳しく、情報チェックを欠かさないのが特徴。稼いだお金は貯金や投資に回してコツコツ貯めていき、気づけば大きな財産になっていることも！

D 女三の宮タイプ

あなたは今と変わらない性格のまま、大人になっているよ！「クリエイティブな活動が充実する運命」が強いので、音楽やアート、創作など、思わぬ才能が開花しそうな予感♪

恋愛 モテ度は高いものの、好意を持ってくれている人がすぐ近くにいるのにまったく気づかず、自分はマンガのキャラやアイドルに夢中……なんてことも!?

仕事 自分の個性や才能を生かした仕事に就いていて、ビッグアーティストになる可能性も。大人になっても発想力が豊かなままなので、マンガ家や、作曲家に向いていそう。

お金 若いときにはたびたび、「お金が足りない」とハラハラする場面が。その後は、収入も支出も落ち着いて、安定した生活に。一攫千金のチャンスにめぐまれることも！

エピローグ
紫式部の生涯
プンプン
お母さま！
作り話を書いた人はどうせ地獄に落ちるって悪口また言われたんだけど！
まあまあ言わせておきなさい
作り話の中にこそ真実が書けるものなのよ
賢子！そこにいるのか！
兼隆さま！
お 式部の君もいらしたのか
賢子がすばらしい和歌をくれたんですよ
さすがあなたの娘だこんなハイテクニックな歌を送ってくれるだなんて！
最高の女性ですよ
わしのおいとそなたの娘が結ばれるとはな
道長さま…
行くのか
はい
…そろそろ出家してもよい年かと

わしも
遠からず出家する
娘たちを帝の妃として
送り出し
もはや思い残しはない
『もう自分の思い通りに
ならないことはない』
などという内容の和歌を
よまれたようですし？
いや
あれは酔いすぎたあまりに…
でも　わたしはあなたを
はじめて見たときから
あなたこそ平安の
世をはばたく大きな鳥だと
思ったんです
ハッ
大きな鳥？
そうだな
わしの子、孫は
子々孫々この国の
天皇・中宮だ
だが
それをいうなら
お前の物語も
大きな鳥だぞ
お前の書いた
すばらしい物語は
きっと千年後も
残るだろう
それどころかきっと
遠い海の向こうでも
人気になるぞ
ふふ、
ご冗談を
…でも
そうですね
どうかこの物語が
千年先の未来にも
はるかな異国にも
伝わりますように…

監修　砂崎　良

東京大学文学部卒業。古典文学に現れる7～15世紀の香料文学史、交易史を研究。詩人であり、『源氏物語論』などでも知られる藤井貞和氏に師事。現在は教育・文化系のライターとして活躍中。著書に『リアルな今がわかる日本と世界の地理』(朝日新聞出版)、『マンガでわかる源氏物語』(池田書店)、『1日1原文で楽しむ源氏物語365日』(誠文堂新光社) など多数。

マンガ ♥ つるちゃん (本文)、kotona (巻頭、巻末)
イラスト ♥ つるちゃん、和泉キリフ、オチアイトモミ、こかぶ、はたほまめ
カバーイラスト ♥ 神威なつき
デザイン ♥ 加藤美保子
DTP ♥ 大島歌織
編集 ♥ 齋藤那菜、引田光江 (グループ ONES)、
上原千穂、橋田真琴 (朝日新聞出版 生活・文化編集部)
執筆 ♥ 齋藤那菜 (グループ ONES)、髙橋優果
占い・心理テスト協力 ♥ 占い同好会
校正 ♥ 曽根歩

C♥SCHOOL STUDY
まんがでSTUDY はじめての♡源氏物語

監　修　砂崎　良
編　著　朝日新聞出版
発行者　片桐圭子
発行所　朝日新聞出版
〒104-8011 東京都中央区築地5-3-2
(お問い合わせ) infojitsuyo@asahi.com
印刷所　大日本印刷株式会社

©2024 Asahi Shimbun Publications Inc.
Published in Japan by Asahi Shimbun Publications Inc.
ISBN 978-4-02-333394-9

定価はカバーに表示してあります。落丁・乱丁の場合は弊社業務部 (電話03-5540-7800) へご連絡ください。送料弊社負担にてお取り替えいたします。本書および本書の付属物を無断で複写、複製 (コピー)、引用することは著作権法上での例外を除き禁じられています。また代行業者等の第三者に依頼してスキャンやデジタル化することは、たとえ個人や家庭内の利用であっても一切認められておりません。